地獄の底で見たものは

桂望実

幻冬舎

地獄の底で見たものは

contents

第一章

五十三歳で専業主婦をクビになる

一

伊藤由美《いとうゆみ》は鍋をコンロに載せる。蓋をして火を点けた。少し屈んで鍋の下の火を覗き込み、強さを確認する。それからキッチンカウンターの上の時計に目を向けた。

午後六時。

夫の雅規《まさのり》が戻るまで一時間ぐらいある。

まぁ、大丈夫だろう。

由美が雅規と結婚したのは二十五歳の時だった。それから二十八年間、専業主婦の由美が食事の支度をしてきた。支度にどれくらいの時間が掛かるかは予想出来る。

レタスを芯から一枚ずつ剝がしてザルに入れていく。

このレタスは由美が庭で作ったものだった。節約と趣味を兼ねて、小さな庭で野菜を育てている。

二十三年前にこの家を買ったばかりの頃には、花を育てていた。だが隣家が庭で野菜を栽培していたのを真似て、由美も食べられるものを植えるようになった。庭の広さは僅か六畳ほどなので、多くの野菜を収穫出来る訳ではない。だが味はまぁまぁだし、食費を幾分かは安く上げることが出来ているので、満足している。

棚からツナ缶を取り出した。次にその隣の食器棚に手を伸ばそうとして、その手が止まった。

ガラス扉に自分の顔がぼんやり映っている。

老けた――。

はっきり映っていなくても分かる。

そうではあっても、老けたとわざわざ指摘しなくたっていいのに。

由美は今日、友人の江都子《えつこ》とランチをした。五年ぶりの再会だった。江都子はイタリアンレストランの席に着くなり言ったのだ。「老けたわね」と。

ムッとしたがぐっと我慢して「あら、そう?」と軽く流した。

そんな残酷なことを言った江都子は、同い年なのに潑溂《はつらつ》としていて、実際の年齢より十ほど若く見えた。大学で歴史学の教授をしている江都子は、毎日他人と接しているのだろうから、老けるのが遅いのかも。だからって、メイクぐらいしたら? なんて余計なお世話なのよ。してたのに。オールインワンを塗っただけだけど。

一つため息を吐《つ》いてから食器を取り出した。

料理が完成したのは午後七時だった。

直後に雅規が帰宅した。

部屋着に着替えた雅規がダイニングテーブルに着くと、無言で箸を摑《つか》む。

由美は声を掛ける。「フライの中にはチーズが入っているの。熱いから気を付けて」

「ああ」と雅規が答える。

雅規はチーズが好きだった。チーズを使った料理はまず残さない。好きなのはとろけるもの。だから今日のように中に入れたり、上に載せたりして、チーズを使ったメニューにすることが多かった。

由美はレタスとツナのサラダに箸を伸ばした。口に運ぶ。

シャキシャキとした食感を楽しんでいると、点けっ放しのテレビから、W線が全線で運行停止中だと言う、アナウンサーの声が聞こえてきた。

雅規が箸を止めてテレビ画面に目を向けた。雅規が勤める鉄道会社の路線ではなくても気になるのか、じっとテレビを見つめる。

由美より一つ年上の雅規は、ことは違う鉄道会社で働いていた。その中の不動産部門にいると聞いているが、詳しい仕事内容は分からない。雅規が自分の仕事について語らないから。

聞けば教えてくれるのだろうが、それほど興味がある訳でもないので、知らないままにしている。

雅規はお見合いの席でも、自分のことを多くは語らなかった。ただ由美の向かいで静かに座っていた。なんとかしなくてはと考えた仲人が、会話をさせようと何度も質問をした。雅規はそれらに答えるのだが、あまりに簡潔なために話が弾まなくて、仲人を困らせた。

当時、由美はカレにフラれた直後だった。そのカレはよく喋って騒がしい、ガチャガチャした人だった。交際していた二年の間には浮気されたり、喧嘩したりで、哀しい思いをたくさんしていた。会話は弾まなくてもこういう物静かな人となら、穏やかな毎日を過ごせるだろうと判断して、雅規との結婚を決めた。

その通りになった。毎日穏やかに過ごしている。会話は長くは続かないけれど。

アナウンサーが他の事件について話し出すと、雅規は興味を失ったのかテレビから目を離した。そしてフライを箸で摘《つま》み上げて口に運んだ。

由美は尋ねた。「ベーコンのチーズ巻きフライ、どう？　美味しい？」

「ああ」と雅規が答えた。

まったく。なにを聞いても「ああ」なんだから。いつも話が一方通行なのはちょっと寂しいけれど、仕事で疲れているんだから、しょうがない。少しぐらい寂しくても我慢しなくちゃね。

由美は「良かったわ」と言うと、キャベツのコンソメスープにスプーンを差し入れた。

二

消えた。

由美は鏡を覗き込む。

年々大きく濃くなっていたシミが消えている。

いや、よくよく見ればあるけれど目立たなくなっていた。

由美は背後に立つメイク講師、長戸《ながと》に顔を向けた。「目立たなくなりました。これはもう消えたってことでいいですよね」

長戸が頷く。「オレンジ色系のコンシーラーは、一つ持っておくといいですよ」

「分かりました」と答えた。

由美は江都子から老けたと言われたのが忘れられず、一人娘の遥《はるか》に電話をした。遥は夫と子どもの三人で隣県に暮らしている。遥に愚痴ると、大人女子にメイクレッスンをしてくれる教室を調べてくれた。今日はその教室に来ている。

八畳ほどの部屋の中央にテーブルがあり、その上には大きな鏡が置かれている。そのテーブルには、由美が自宅から持って来たメイク用品も並んでいて、その右には長戸が用意したものがあった。

由美と同世代に見える長戸が「次はアイメイクにいきましょうか」と言うと紙をテーブルに置いた。

そこには目を閉じている女性の顔が描かれている。

長戸が、由美が持ち込んだアイシャドウパレットの蓋を開けた。付属のチップを取り、焦げ茶色のアイシャドウを擦《こす》り付ける。そのチップをイラストの女性の右の瞼《まぶた》に置いた。

長戸が言う。「最初にチップを中央に置いて、こういう風に目尻に伸ばしていく。こういうやり方は昭和で終わりました。令和では」チップを左の瞼に置いた。「最初に中央に置くのは一緒なんですが、ワイパーみたいに左右に均等に振り伸ばす感じ。それから上に広げていくんです。縦を意識して塗るようにしてください」

やっぱり今日ここに習いに来て正解だったと由美は思う。こんなの教えて貰わなきゃ分からない。

若い頃はちゃんと化粧をして、製紙会社に毎日出社していた。シミや皺はなかったので、もっぱら目を大きく見せることに力を注いだ。自分が美人じゃないと分かっていた。それでも目がもう少し大きく見せることが出来たら、ちょっとましになるように思って。どれだけ頑張っても、褒められたことなど一度もなかったけれど。いや、あった。一度だけ。由美の結婚式でのことだった。化粧を施したのは結婚式場のメイクさんだったが、ウエディングドレス姿の由美を見た雅規が、感動したような顔で綺麗だよと言ったのだ。たくさんの言葉を発しない人が零《こぼ》した、そのひと言は嬉しかった。

その後妊娠し体重が増えた。出産後も体重は戻らず、結婚式の時より十キロ増えた。年齢を重ねるうちにシミと皺も増えた。くすみも弛《たる》みも酷い。それでもメイクをしてましになりたい。同い年の友人から老けたなんて言われない程度に。

メイクレッスンは九十分で終わった。濃く充実した九十分だった。

帰路の電車の中では、何度もスマホのインカメラで自分の顔を確認した。普段より二割増しで良くなっていた。冷静に見積もっても。プロってさすが。

I駅で降りた。

南口から高架線に沿って坂道を下る。二つ目の角を左に折れた。そして小さな橋を渡る。中古車販売店の前では、ツナギ姿の男性が洗車をしていた。

三月の穏やかな陽が差していて、歩いていて気持ちいい。

スマホが鳴りバッグから取り出した。

雅規から届いたＬＩＮＥには〈帰りが遅くなる。夕食は済ませて帰る〉と書いてあった。

ＬＩＮＥでも雅規は簡潔だった。

由美は足を止めて了解と返信してから、バッグにスマホを戻す。

仕事が立て込んでいるようで、雅規の帰りが遅くなる日が増えている。

五分ほどで我が家に到着した。

家の中に入るとすぐにスマホで自撮りを始めた。いろんな角度で何枚も撮る。

こんなに自分の顔写真を一気に撮るのは初めてかも。目が大きくなった分、顔が小さくなった気がして嬉しい。

満足するまで写真を撮った後は、自分用の夕食の支度に取り掛かった。簡単なものにして早々に夕食を終えると、ソファに座った。

雅規の帰りが遅い日には、先に入浴することが多いのだけれど、今日はテレビを見ながら戻りを待つつもりだ。二割増しで良くなった顔を見せたいから。

午後十一時を回った頃だった。門扉を開ける音が聞こえてきた。

由美は立ち上がり、リビングドアを開けて廊下を進んだ。

三和土《たたき》で靴を脱いでいる雅規に声を掛ける。「お帰りなさい」

「ただいま」と答えた雅規は、こんな時間まで残業していたのに疲れている様子はない。

由美は言う。「お風呂、すぐに入れるわよ」

「ああ」と返事をした雅規が歩き出す。

その背中に向けて言った。「ねぇ、なにか気が付かない？」

雅規が足を止めて振り返った。

少しの間由美を見つめてから言った。「髪を切ったんだね。いいと思うよ」

「えっ」

雅規は廊下を進み階段に足を掛ける。そうして上っていった。

由美の高揚感が一瞬で消えた。

三

フー。

ひとつ息を吐き出し吊り革に摑まる。

午後三時の車内は結構混んでいた。大きな揃いのスポーツバッグを持った女子高生四人が、ドアの前に陣取っている。

由美はデパートからの帰りだった。知人に贈る品を選びにデパートに行ったら、改装前のセールをやっていた。ついあれこれと見て回り、すっかり疲れてしまった。

由美は前のシートに座っている女性に視線を向けた。

六十代ぐらいのその女性は、真っ赤なスプリングコートを着ている。眉を太く描き唇を真っ赤に塗っていた。

姉のさち子もこの人のように派手な格好をする。自分の意見をしっかり言い、好きなものを着て、自由に振る舞うさち子と比べられるのが昔から嫌だった。実家で一緒に暮らしていた頃は、さち子の気まぐれと我が儘《まま》に翻弄される毎日だった。だが喧嘩にはならなかった。争うことが苦手な由美は、いつも我慢することを選んだからだ。

さち子がフランスで暮らすようになり、物理的な距離を有り難く思っていたが、母の幸《ゆき》恵《え》が認知症になると、そうも言っていられなくなった。介護を由美がすべて背負うことになったのだ。さち子はフランスにいるのだから、しょうがないと思うようにしていた。

幸恵が亡くなるとさち子はようやく帰国した。そして遺産の半分を受け取る書類に、当然のような顔でサインをした。弁護士は由美を気の毒に思ったのか言った。「私からお姉さんに、介護を一人でされた妹さんに、遺産の中から少し渡されてはどうかと、提案してみましょうか」と。由美は首を左右に振った。不公平だとの思いはあったが由美は言った。「姉と遺産で争いたくありません。私が我慢すれば丸く収まるんですから、これでいいんです」と。

そのさち子は父親の豊隆《とよたか》に似て、二重《ふたえ》の大きな目をしている。

由美が自宅に戻ったのは午後四時だった。

すっかり疲れてしまって、ソファにだらりと座りテレビを点ける。そのまま根が生えたように、ずっと座ってテレビを見続けた。午後六時になると夕食の支度を始めた。

午後七時半に門扉を開ける音が聞こえてきた。

由美は手を止めて出迎えるために玄関に向かう。

雅規は三和土に直立不動の姿勢で立っていた。

由美は「お帰りなさい」と声を掛けた。

雅規が緊張したような顔をしている。

「どうしたの？」と由美は尋ねた。

白い壁に目を向けてから、その視線を由美に移した。「話がある。離婚して欲しい」

「は？」

「好きな人がいるんだ。その人と一緒になりたい。だから離婚して欲しい」

頭が真っ白になってなにも言葉が出てこない。

雅規が続ける。「今夜、家を出るよ。今日は服の替えを取りに来たんだ。財産をどう分けるかとか、そういうのは弁護士を介して決めていこう。以上だ」

雅規は靴を脱ぎ廊下に上がった。廊下を進み階段を上っていく。

今の……なに？　今、私は離婚を宣言された？　好きな人がいる？　それって……浮気をしていたってこと？　いつからよ。そんなの……以上って、なによ、それ。

由美は呆然とその場に立ち尽くした。

四

こんなに若いの？

由美は絶句する。

雅規が再婚したい相手はまだ二十代にしか見えない。それに美人だった。

由美は胸が痛くなって、スマホをタップして動画を止めた。

これは遥から送って貰った動画だった。雅規は先週、遥一家を中華料理店に招待し、その席で交際中の人だと平良芽衣《たいらめい》を紹介したという。

そうした会食があったことを、今日になって由美は知った。遥からのＬＩＮＥで教えて貰ったのだ。遥はもし見たいならば会食した時の動画を送るが、どうするかと言ってきた。

由美は一瞬も迷わず送ってと返信した。こんなに傷付くとは思わずに。

雅規は二週間前に家を出た。翌日には雅規の代理人だと称する弁護士から電話が入った。由美も弁護士を立てることにした。今は二人の弁護士を介して、財産分与の調整をしている段階だ。

まだそんな状態だというのに、雅規が遥に芽衣を紹介するなんて、どうかしてる。離婚の成立を待つ気もないなんて。

由美は深呼吸をしてから、動画の再生ボタンをタップした。

カメラは天井から下がるシャンデリアを映す。高級な店の個室のようで、座席の背後のチェストには大きな壺が置いてあった。

動画の中の芽衣が「そうだ。晴琉《せいりゅう》君にお土産あるんだ」と由美の孫の名前を口にした。

そして立ち上がり背後の壁際に並ぶ椅子の前まで進んだ。

そこには大きな袋が二つ置かれている。

芽衣はその右の袋の中に手を入れてごそごそと探る。

そうして小さな袋を取り出すと席に戻った。

芽衣が「これ、晴琉君に。ディズニーランドのお土産」と言って丸テーブル越しに渡した。

由美は目を剝《む》く。

もしかして二人はディズニーランド帰りなの？　雅規はディズニーランドが苦手だと言っていたのに。遥を連れて何度か行った時には、どうも僕は落ち着かないと言って、娘のために楽しそうなフリさえしなかった癖に。若い女から行きたいと言われたの？　若い女と行ったら楽しかった？　それで大量の土産を買わされたの？　あぁ、腹が立つ。

男性の配膳係が画面の中に入ってきた。

大皿が丸テーブルに置かれ、カメラはその料理を捉える。

その料理越しに雅規と芽衣の二人が映っている。

雅規が丸テーブルに載っていた小皿を二枚取った。そして一枚を芽衣の前に置き、そこに醬油を注《さ》してやった。

なによそれ。思わず声が出る。そんなこと、私には一度もしてくれたことなんかなかったのに。結婚前のデートの時だって、醬油差しを私の前に置いてくれたことはあっても、小皿に注すなんてしたことなかったじゃない。それに、なんでそんな幸せそうな顔で笑ってんのよ。そんな顔……そんな顔、見たことない。物静かで喜怒哀楽を表に出さない人だったじゃない。それなのに、なんでそんなに楽しそうな顔をしてんのよ。

動画が終わり、由美はスマホを裏返してローテーブルに置いた。熱があるような気がして自分の額に手を置く。ソファの背もたれに背中を預けて天井を見上げた。

そうやって由美はしばらくの間じっとしていた。

手を下ろして隣にあった四角形のクッションを摑んだ。それを胸に抱えた。

二十八年間の結婚生活はなんだったんだろう。一緒に暮らすうちに互いへの信頼と思い遣《や》りを、地層のようにどんどん積み重ねていくのだと思っていた。それはやがて強固な地盤になると。私たち夫婦の地盤は、もうしっかりしていると思っていたけれど違った。呆《あっ》気《け》なく壊れる程度の柔い土台の上にいた。

スマホを摑み遥に電話を掛ける。

すぐに遥が電話に出る。「見た？」と尋ねた。

「見た」と答え「いくつなの？」

「二十八だって」

「自分の娘より二つ上なだけなのね」

「そうだね」

「なにしている人なの？」

「漫画家だって言ってた」

「そんな人とどうやって知り合ったって？」

「漫画家なんだけどイラストも描くみたいで、イラストの仕事でパパと知り合ったって言ってた」

「で？」

「で、っていうのは？」

「どんな人だった？　私に気を遣わなくていいから正直に言って」

「どんな……んー。小さな声でボソボソと話す人だった。聞き取れなくて、えっ？　って何回も聞き返しちゃった」

由美はもっと色々聞きたいのだが、聞きたくない気持ちもあって混乱して、言葉が出てこない。

遥が言う。「パパがどうしても会ってくれって言ったから会ったけど、私はママの味方だから。それは言っておく」

「有り難う」

「ママは怒っていいんだよ。怒られて当然のことをパパはしたんだから。ママはいつものように我慢しちゃダメだからね。ちゃんと弁護士さんに交渉して貰って、パパからたくさんお金を取ってよ。お金をちゃんと貰わなきゃ、ママがこれから苦労するんだからね」

由美は「分かってる」と言って電話を切った。

遥も弁護士と同じようなことを言うのね。

由美が依頼した女性弁護士は言った。長引かせるのが苦痛で、向こうの言う通りの金額でサインしてしまおうとする人もいますが、それは止《や》めた方がいい。きちんと交渉して最大限の金額を勝ち取りましょう。これからの由美さんの生活が懸かっているんですからと。励ましであったろう弁護士の言葉は、却《かえ》って由美を不安にさせた。突き付けられた現実に由美の身体《からだ》と心は震えた。

これから一人で生きていかなくてはいけない。働いて、稼いで、そのお金で暮らしていかなくては。出来るだろうか、私に。

由美は胸の中のクッションをぎゅっと強く抱きしめた。

五

由美は榑縁《くれえん》の窓を開けた。

柔らかな風が部屋に入り込む。

踏石の上のサンダルに気が付いた。

ゴミ袋に入れるのを忘れていた。

サンダルに足を突っ込み縁側の端に腰掛ける。

背後から階段を下りてくる足音がして、由美は振り返った。

引っ越し業者の二人の男性スタッフが、箪笥《たんす》を二階から下ろそうとしている。

この家の売却先が決まったので、由美は今日ここを出て公団に移り住む。売却金でローンを完済し残った額は折半する。預貯金の方は、その六割を由美が貰うことで話がついた。由美は旧姓の鈴木《すずき》に戻る。

スタッフが運んでいる箪笥は、二百円で引っ越し業者が買い取ってくれる。提携しているリサイクル店で売るのだという。

公団の部屋は１ＤＫで三十平米しかない。ここにある家具を置くスペースはないので、一部を除いて売却か処分することになった。家具だけでなく食器も服もあらゆる物を手放す。

公団に持って行く物は昨日までにまとめてある。それらを収めた段ボール箱は三つになった。

庭に目を戻す。

左の菜園スペースには、キュウリとインゲンとジャガイモを植えてあった。

どれも来月収穫するつもりだった。

だが明日、解体業者がこの庭と家を取り壊して更地にする。

野菜たちに申し訳ない気持ちになって、ごめんねと心の中で呟いた。

この庭でたくさん写真を撮った。家屋を背にして立ち庭の向こう側から撮るのが、我が家で一番いい撮影場所だったから。

遥のお宮参りの時も、七五三の時も、神社でたくさん写真を撮ったのに、帰宅してからこの庭でも写真を撮った。

花火をした時も、ランドセルを初めて背負った時も、小学校の入学式の日も。たくさんの写真をここで撮ったが、雅規が提出してきた欲しい物のリストに、アルバムはなかった。

雅規はもういらないのね。私たちとの思い出は。

由美は足を上げて縁側に膝をついた。屈んでサンダルを持ち上げる。

それからキッチンカウンターの前に並べたゴミ袋の中に、サンダルを捨てた。

リビングを眺める。

二十平米ある部屋の中央に、ソファとローテーブルがある。

ベージュ色の布カバーを掛けられたソファの中央が、雅規の定位置だった。四十三V型のテレビ画面の正面の席だ。

そういえば遥が寝た後で、ここで大リーグの試合を一緒に観たことがあった。日本人選手がホームラン記録を達成するかもしれない大事な試合だった。高校まで野球をやっていた雅規は、目を輝かせて応援していた。由美も隣で精一杯声援した。その選手がホームランを打った。由美と雅規は立ち上がり、ハイタッチをして喜び合った。普段大きな声を出さない雅規が何度も「よっしゃ」と興奮したような大声を上げた。雅規が嬉しそうなことが、由美は嬉しかった——そんな日もあったっけ。

こんな思い出、早く忘れたい。丸ごと全部。

スタッフの声がして由美は廊下を覗いた。

ベッドを下ろそうとしている。だが階段と廊下が直角に交わっている上に、廊下が狭いため曲がれなくて手こずっている。切り返しを繰り返していた。

力を合わせてベッドを運ぼうとしている二人を、由美はぼんやりと眺めた。

六

遥より年下と思われる若い男性が、由美の履歴書に指を置いた。

それから顔を上げて質問を口にした。「これによると、最後に働いたのが二十八年前ということですか?」

由美は頷く。「はい。短大を卒業して新卒で製紙会社に入社して、五年で結婚退職しました。専業主婦になって二十八年になります」

「二十八年ぶりに働こうと思ったのはどうしてですか?」

「離婚しまして、生活費を稼がなくてはならなくなりました」

「そうですか」

テーブルに置かれていた男性のスマホが震えた。

男性は画面を覗き込むと「ちょっとすみません」と言ってスマホを手に部屋を出て行った。

三畳ほどの面接室に由美一人が残される。

ハローワークで見つけた会社だった。長期保存出来る食品を作っているという。

今月、面接をして貰えたのはこの会社で三つ目だった。大抵履歴書を先に送ってくれと言われてしまうので送付すると、不採用通知が届き面接にまで進めないのだ。今日のように履歴書を持参するスタイルだと、同時に面接になるので担当者に会うことは出来る。でも結局は不採用になるのだけれど。人手不足とはいえ、条件のよい仕事は高倍率になるので、五十三歳で職務経験が二十八年前の五年間だけで、資格をもっていない由美は採用されない。

この前面接して貰えた時の女性担当者からも、二十八年ぶりに働こうと思った理由を尋ねられた。離婚したからと答えると、その女性は同情するような表情を浮かべた。そして大変ですねとしみじみとした調子で言って、何度も頷いた。そうした態度を取られたのは初めてで、同情心から雇って貰えるのではないかと期待を抱いた。だが不採用通知が届いた。同情されても結果は同じだった。

十分ほどして男性が戻ってきた。

ちらっと履歴書に目を落としてから言った。「今日はお越し頂いて有り難うございました。結果は後日郵送でお知らせします」

男性が由美に割いた時間は五分だけだった。

自宅に戻るため電車に乗った。

午前十時の電車は空いていて、由美はシートの中央付近に腰掛けた。

向かいの座席の女性は由美と同世代に見える。その人は美人だった。高級ブランドのバッグを膝に載せていて、左手の薬指にはゴールドのリングをしていた。

四十分後にH駅で降りた。

駅前のスーパーで食材を買ってから自宅に戻った。

すぐに一つだけある窓を開ける。

小さな小さなベランダには洗濯物が干してある。

一人分の洗濯物はとても少ないと、一人暮らしを始めて知った。だから僅か一メートル幅の小さなベランダでも事足りた。

振り返って部屋を眺める。五十三歳で辿り着いた部屋を。

小さな部屋の大部分を占めているのはベッドだ。シングルサイズでも狭い部屋の中では存在感が大きい。少しでも部屋を広く見せようと、ベッドリネンを壁の色と同じ白に揃えたのだが、病室のようになってしまった。

スーパーで買ってきた食材を冷蔵庫に仕舞った。そしてキッチンの隅にスマホをセットし、なんちゃってカルボナーラを作る様子を動画で撮影した。後でユーチューブに投稿するつもりだ。

一人暮らしになって、言葉を発する機会が極端に減った。そのうちに声の出し方を忘れてしまうんじゃないかと、不安になった。そこで愚痴を声に出しながら料理をしてみた。我ながらなんだか可笑《おか》しくて動画を撮ってみた。それを後で見てみたらやっぱり可笑しかった。楽しくなるようなことは一つも言ってなくて、ただ愚痴を言い続けているだけなのに笑っちゃうのだ。それでユーチューブに投稿してみた。そうやって投稿した動画が今では十個ぐらいになった。

テーブルに完成したパスタとサラダを置き、それも撮影をした。

撮影を終えると椅子に腰掛けて食事を始める。

右手でフォークをクルクルと回してパスタを絡めながら、左手でスマホをタップした。

そして自分の動画をチェックする。

あっ。また〈いいね〉が増えてる。コメントも。嬉しい。今の生活で嬉しくなるの、コメント欄を見ている時だけ。

〈ｙｕｍｉさんの節約時短レシピはどれも挑戦し易くて、いつも参考にしてます〉

〈チキンが美味しそう〉

〈ｙｕｍｉさんの愚痴にそうそうと頷くこと多〉

誰かが私に気付いて声を掛けてくれた……いい気分。

由美は大きな口を開けてパスタを食べた。

七

由美は紙ナプキンの上に、カットしたチョコレートブラウニーを載せる。

それを半田真緒《はんだまお》と大澤直子《おおさわなおこ》の前に置いた。「どうぞ」

二人が「有り難う」と声を揃えた。

真緒が言う。「ご馳走になってばっかりで、ごめんなさいね」

由美は「とんでもない」と自分の顔の前で手を左右に振った。「昨日、給料日だったでしょ。なんか嬉しくなっちゃって、スーパーでテンションが上がっちゃったみたいで。板チョコを見て、よし、作ろうって思ったの」

直子が「それ、分かるー」と言う。「私も昨日、給料日で気が大きくなっちゃって、これ、買っちゃった」とピンク色のTシャツを摘んだ。「派手だった？」

由美と真緒は似合っているし、派手じゃないとコメントした。

直子は満足そうな顔をする。「よかった。オバサンは顔がくすんでるんだから、これぐらいの明るい色のものを着た方がいいわよね」

由美と真緒はそうだ、その通りだと頷く。

由美が化粧品会社のコールセンターで働き始めて、二ヵ月になる。事務職に就くのは諦めて、サービス業で仕事を探してみた。初心者歓迎と謳い、手厚いサポートがあるというこの会社に応募し、採用された。一日八時間、週に五日、客からの電話注文を受けている。同僚は由美と同世代の女性が多く、打ち解けられなかったら地獄になる職場環境だった。女子校育ちの由美は、そういうことを肌感覚で分かっていた。

初出勤の日、不安いっぱいで昼の休憩時間を迎えた。この休憩室の隅で固まった。どこのテーブルで食べれば、誰の不興も買わずに済むのかが分からなくて。すると真緒が「ねぇ、ここで一緒に食べない?」と声を掛けてくれた。「は、はい」と答えた時、声が裏返ってしまって恥ずかしい思いをした。

同世代の女性だらけの職場は、打ち解けられたら天国になる。真緒と直子のお蔭で、由美は天国で仕事をしていた。チョコレートブラウニーをご馳走するぐらい、なんてことはない。

しっかり者の真緒は由美より一つ年上で、夫と息子の三人暮らし。ここで働いて五年になるという。

一方の直子はバツイチの五十歳で、両親と娘と同居しているそうだ。由美と同じ乙女座で明るい性格の持ち主だ。

由美たちは休憩室の左奥にある、自動販売機の前のいつもの場所で昼食を摂っていた。休憩室には横長のテーブルが、三つの列に分かれて設置されている。そこに四十人ほどの女性が着いている。

自作弁当とチョコレートブラウニーを食べ終えた由美は、一人自習室に向かった。

廊下を進み、トイレの向かいにある小さな部屋のドアを開ける。

三台あるデスクの中央に田中夏希《たなかなつき》が着いていた。

夏希は由美の同期で、一週間の研修を他の二人と一緒に受けた。だがあまり喋ったことはない。四十代と思われる夏希は、群れるのが好きじゃありませんといった雰囲気を身に纏《まと》っていたので、話し掛け難《にく》かったから。休憩時間には一人でクロスワードパズルを解いていた。

由美は左端のデスクに着き、夏希に黙礼した。

ヘッドフォンを装着した状態で、夏希がお辞儀を返す。

夏希も来週行われるテストのために、自習室に来たのだろう。

来週、由美たち四人の同期はテストを受けることになっている。商品知識を調べる筆記テストと、タイピングのスピードと正確さを測るテストだ。普段の接客の会話はすべて録音されているので、その中から無作為に選ばれた十個のケースにも、点数が付けられると聞いている。このテストに合格出来れば時給が上がるので、是非ともパスしたいところだった。

由美はパソコンに自分のＩＤを入力してから、ヘッドフォンを装着した。タイピング練習のページを立ち上げた。

ヘッドフォンから女性の声が聞こえてくる。

「京都府京都市左京区――」

必死でキーボードを叩く。だが音声はどんどん進んでしまい追いつけない。

ブー。

低いブザー音と同時に、画面には未入力という赤い文字が出現した。

速過ぎよ。お客さんはもっと住所をゆっくり言ってくれるのに。郵便番号を入力すれば、自動で住所が出てくるソフトを使っているコールセンターもあるらしいけれど、ここは全部手入力しなくちゃいけないから大変。

エンターキーを押した。

すぐに「北海道札幌市」と声が聞こえてくる。

一生懸命指を動かす。画面を見た。

やだ。間違えてる。

急いでバックスペースキーを押して戻る。「北海道」と入力して顔を上げた。

その刹那、ブーと音がして画面に未入力の文字が出現した。

はぁ。

ちらっと夏希を盗み見た。物凄いスピードで指が動いている。

なんて速いんだろう。思わずヘッドフォンを外してガン見してしまう。

指だけ違う生き物みたい。

由美の視線に気付いた夏希がヘッドフォンを外した。

「なにか？」と夏希が聞く。

「あっ。ごめんなさい。じっと見ちゃって。物凄く速いから見惚《みと》れてたの。夏希さんなら絶対テスト合格ね。私は凄く遅いから不合格確実だわ」

「タッチタイピングじゃないんですか？」

「タッチタイピングって、指先を見ないで入力するっていうのだっけ？　とんでもない。私は手元を見なければ入力出来ないわ」

「それだと目が指先と画面とを、頻繁に交互に見なくちゃいけなくなるから遅くなりますよ。入力のスピードを上げたいなら、タッチタイピングにした方がいいですよ。キーボードのアルファベットを消して、練習してみたらどうですか？」

「消す？」由美は聞き返す。

「はい。そこに答えがあると分かってるから、どうしても見ちゃうんですよ。だからキーボードに紙を貼ったりして、アルファベットの文字を隠すといいですよ。キーボードを見ても、そこに答えがないということを身体が覚えたら、自然と目が下を向かなくなって、タッチタイピングで入力するようになります」

「そうなの？　でもそれは若い人の話でしょ。私はもう年だから。そういう難しいことに挑戦するのはちょっとね」

「あぁ」と夏希が言う。「由美さんはそういう人なんですね」

「……そういう人というのは？」

「言い訳に年齢を使う人。やらない、出来ないのを、年齢のせいにしておけば、自分を納得させ易いんですよね。母がそういう人で、もう年だからというフレーズをよく口にしていました。いいんじゃないですか。考え方は人それぞれですから」

「…………」

夏希はヘッドフォンを装着すると、練習を再開した。

なんか……感じ悪い。いいじゃない。年なのは本当のことだもの。あなたは若いから分からないのよ。若いったって、私よりはってことだけど。この年齢になると、気持ちはあっても身体がついてこないってことがあるんだから。

由美もヘッドフォンを装着し、パソコン画面に目を向けた。

八

「いきます」と宣言した由美は、フライパンにもやしを投入する。

ジュッと音がする。すぐにパチパチと水分が弾《はじ》ける音も加わった。

菜箸でもやしを掻き回して炒める。

その様子を、作業台に設置したスマホが撮影していた。

動画の投稿用に、夕食作りを撮影しているのだ。顔は出したくないので、手元付近だけが映るような角度にしている。

もやしを炒めながら言う。

「もやしは安いから、本当に助かるわよねぇ。ただ食べ応えが薄いというか、軽いでしょ。もやしの残念なところよね。食べても、食べたっていう満足感はなかなかって感じでしょ。だからね、今日はもやしを使って食べ応えのある料理にしようと思ってます。

今日はさぁ、テストだったの。職場のテストね。商品知識のテストはセーフだったんだけれど、タイピングのテストがダメだったの。不合格。ヘッドフォンから流れてくる声を聞いて、それをキーボードで入力するテストだったんだけれど、その声のスピードが物凄く速いの。全然ついていけなくて、〇点取っちゃった。〇点取ったの、生まれて初めて。凄くへこんでる。一ヵ月以内に追試を受けなくちゃいけないの。年取ってるんだから、指を速く動かせないのはしょうがないでしょ？　なのに。

同期の人がね——その人、私より大分若いのよ。多分十歳か、もっとかも。その人が練習方法を教えてくれたんだけれど、それはちょっと難しそうだったの。だからね、私はもう年だから、そういうのは難しいと言ったのよ。そうしたら、その人、言い訳に年齢を使うんですねなんて言ったの。酷くない？　やらない、出来ないのを年齢のせいにしてるって非難したのよ、私を。

もやしに火が入ったので、ちょっと火を弱めます。そうしたら、もやしを広げて、ここに生地を掛けます」

由美は小麦粉を水で溶いて作った生地をフライパンに流し入れる。

「この生地の厚みには注意してくださいね。ホットケーキみたいに厚くしちゃうと、もやしのシャキシャキ感が死んじゃうし、だからといって薄くし過ぎると、食べ応えが出ないから。厚みはねぇ、そうねぇ、ピザの生地ぐらいが丁度いいかな」

少しすると生地が乾燥して、小さな穴がいくつも開く。

フライ返しでひっくり返した。

美味しそうな焼き目が付いていた。

「そういえば」と由美は言い出す。「私が体調が悪くて、寝込んでしまった時があったのね。五年ぐらい前かなぁ。しんどくて、ベッドに横になっていたら、元夫が部屋に入って来たの。なにかと思ったら、ピザが一ピース載った皿を持ってて、出前頼んだんだ。食べるか？　って言ったの。病人がピザを食べますかっていうのよねぇ。お粥とか、うどんでしょ、普通。ピザなんて、具合が悪い時に絶対食べちゃいけないものでしょう？　元夫にはさぁ、そういうところがあったのよ。まず自分が先なの。妻が食事を作ってくれない。だったら出前を頼もう。じゃ、ピザにしようって、こういう思考回路なの。体調不良の妻はなにが食べたいだろうかというところからスタートしないのよ。嫌な夫でしょ。元だけれど。

はい、今日も愚痴を言っている間に、出来ました。お皿に移します。ソースとマヨネーズをたっぷり掛けて、オカカを載せたら、完成でーす。安くて食べ応えのある『がっつりもやし』です」

撮影を一旦止めて、皿をテーブルに移した。それから皿の手前に白飯と味噌汁をセットして、完成した料理を撮った。

食事を終えると、撮った動画のチェックをした。難しい編集作業は出来ないので、動画に自分の顔が映り込んでいないと確認出来て、喋っている音が入っていたら、それでオッケーとしている。

動画をアップしてから入浴の準備を始めた。シャンプーを買い忘れていたことに気付いたが、それを買うために外出するのは嫌だったので、ボトルに水を入れて上下に激しく振って水増しした。最近、こんな風に専業主婦の頃には考えられなかったことを平気でしている自分に気付き、驚いてしまう。

入浴を済ませてパジャマに着替えた。

ベッドに腰掛けて、スマホを覗いた。

あっ。もうコメントが来てる。

由美の心は跳ねる。

《六十代のヒロイン》からのコメントを読む。

〈私もいつも年のせいにしちゃう。年齢のせいにすると楽だからね。でもそれだとなにも変わらない。そう思って、五十代で資格を取るための勉強を始めました。三回落ちたけど、四回目にやっと資格が取れて、今はとっても充実した毎日を送れています。だからｙｕｍｉさんも年だからなんて言わずに、タイピングの練習を頑張って〉

五十代で資格……どんな資格なのかしら。《六十代のヒロイン》はこれまでも何回かコメントをくれた。由美と同じバツイチだと言っていたので、勝手に親近感をもっていた。

コメントの新着が入った。

〈タイピングは練習あるのみ。千本ノックならぬ千本タイピングで追試、頑張って。元夫さんのピザの話はウケました〉

なんか……頑張るって気持ちになってきたような……。

部屋を見回した。ゴミ箱に目が留まり、立ち上がった。

中から郵便受けに入っていたチラシを抜き出した。裏が白いものを選び、テーブルに広げて、皺を伸ばす。

それからスマホでキーボードの画像を検索する。それを見ながらチラシの裏に、ボールペンでキーボードを写し書く。自宅にキーボードがない由美は、手書きのこれで練習するしかない。

手書きのキーボードの上に指を置いた。そして練習を始める。

トントントントン……。

ワンルームの部屋に、指がテーブルに当たる音が響いた。

九

由美はゆっくり息を吐いた。それからモニターの横に置いたペットボトルに目を向けた。

その緑茶のボトルには〈頑張れ〉と応援の言葉が書かれた付箋が貼られている。

今日も自習室で居残り練習をすると言った由美への、真緒と直子からの差し入れだった。

追試の日まであと十日。

もっとタイピングの速度を上げなくてはいけないし、ミスも減らさないと。

由美はヘッドフォンを装着し、キーボードを見下ろす。

キーには自宅から持って来た小さな紙が貼ってある。

夏希の助言を採用し、キーの文字を隠して練習することにした。その練習法が一番手っ取り早いだろうと、真緒と直子からも言われたからだった。

エンターキーを押そうとした時、人の気配を感じた。

顔を右に向けると、そこには夏希がいた。夏希は身体と顔を由美に向けて、隣席に座っている。

由美はヘッドフォンを外した。

夏希が言う。「これ、キーボードカバーです。これを使えば、毎回紙を貼ったり、外したりしなくて済みますよ」

「えっ？　あぁ……そういうのがあるのね。マジックペンで黒く塗ってあるのは？」

「私が塗りました。透明なので、このままだと文字が透けて見えちゃいますから」

「……ということは、私のためにこれを買って、マジックペンで黒く塗ってくれたってこと？」

「はい」

「どうして私のためにそんなことを?」

夏希が困ったような顔をした。

今日も夏希の目にはしっかりと黒いアイラインが引かれている。筆タイプのアイライナーで書かれたと思われる線はブレることなく引かれ、目尻で少し上がっている。

そのせいでキツい印象を与える。

夏希が少ししてから口を開いた。「キーがベタベタしている感じがして、どうしてだろうと思っていたんです。そうしたら由美さんが自主練習をしている時に、紙を貼っていて、その両面テープの跡だろうと主任が話しているのを聞いて……頑張ってるんだって思って……頑張ってる人は応援したいなって思って」

この人、本当はいい人なのかも。言い方に問題はあったとしても。

由美は「有り難う。これ、いくらだった? 払います」と言って、足元のバッグに手を伸ばした。

「いいんです」

「そんな。悪いわよ。払うわ」

「本当にいいんです。差し入れだと思って受け取ってください」

「本当に？　これ、すっごく高かったりしない？　大丈夫？」由美は尋ねた。

「そんなに高くないですから、大丈夫です」

「だったら頂きます。有り難う」

由美はキーボードのスイッチをオフにしてから、紙を剝がし始める。

そして「夏希さんにも応援して貰ってるんだから、頑張らなくちゃ」と言った。

夏希が隣席から手を伸ばして、キーから紙を剝がすのを手伝い出す。

由美は尋ねる。「夏希さんはここの前も、コールセンターで働いていたの？」

「はい。この前は、そうです」

「この前は、ということは、その前は違うってこと？」

「はい。大学を卒業した後は、小さな編集プロダクションで働いていました。でも母に介護が必要になって。そこの仕事との両立は難しかったので、時間の融通が利く、コールセンターで働くようになったんです。七年ぐらい働いていたんですけど、そこが倒産しちゃいまして、ここに」

「介護しながら働くのは大変よね」

「大変でしたね。去年亡くなりましたけど」

「それはご愁傷様です」由美は頭を下げた。

「有り難うございます」

「どんなお母様だったの？」

「どんな……努力をしない人でした」

由美は手を止めて「そう……なの？」と聞いた。

「はい。私が小学生の時に父が家を出て、愛人と暮らすようになったんです。母は毎月のように私を連れて、父と愛人が暮らしている家に行くんです。それで生活費をねだるんです。そうやって貰ったお金でしばらく暮らして、無くなると、また父のところにねだりに行くんです。私が行きたくないとごねると、お前が一緒の方がお金を多く出してくれるんだから、来てくれなきゃ困ると言うんです。母にどうして働かないのかと聞きました。もう年だから雇ってくれるところなんかないんだよと母は答えました。そう言い訳をして、働かず、テレビを見ているだけの人でした。母のことは大好きでしたけど、そういうところは大嫌いでした。父が亡くなって、母はようやく働き出しました。知り合いの会社で雇って貰ったんです。そこで経理を担当しているようだったので、簿記とか仕事に役立つような資格を取ったらと、勧めたんです。学費なら私が出すよって。でも母はもう年だから勉強なんて出来ないよと言ってました。そういう母の生き方というか、考え方は、私には歯痒かったです。結局そこの会社の業績が落ちて、母はリストラされました。それでビルの清掃の仕事を始めたんですが、一年後に認知症を発症しました」

「そうだったの」

由美はキーボードにカバーを被せた。キーを叩いてみる。

紙より柔らかい指触りをしばらく楽しむ。

由美は言った。「有り難う。本当に。私は……年だけれど、頑張ってみるわ」

夏希が小さく頷いた。

なんとなく……夏希が今、微笑んだような気がするのだけれど……口が微かに動いただけだから、もしかしたら勘違いかも……いや、やっぱり今のは微笑んだんじゃない？ 多分。分かった。夏希はやっぱりいい人。

夏希が隣のパソコンと繋がっているヘッドフォンに手を伸ばした。「なんか、練習の邪魔をしちゃってすみませんでした。練習を続けてください。私も少しオペレーターの接客トークを聞いて勉強します」

「夏希さん、この前のテスト、最高得点で合格だったのに？」

「スーパーバイザーになれる昇格試験を受けるつもりなんです」

「そうなの。凄い。頑張ってね。きっと夏希さんなら大丈夫よ」

夏希が「頑張ります」と言い、「私も頑張る」と由美は告げる。

由美は「よしっ」と呟くと、ヘッドフォンを装着した。

十

どうしよう。緊張で指先が震えてる。落ち着かなくちゃ。

由美は〈合格〉と印刷された長さ十センチほどの消しゴムを握り締めた。

夏希がくれたものだった。

由美はこれから追試を一人で受ける。不合格だったのは由美だけだったから。

部屋には横長のテーブルが十個並んでいて、それぞれにパソコンが置かれている。

一番前の席に座った由美は、試験官である吉川《よしかわ》主任が来るのを待っているところだった。

深呼吸をした後で、今度はうちわの柄を握る。

この応援うちわは真緒と直子の手作りで、片面には〈落ち着いて〉という文字のカッティングシートが貼られている。裏面には〈絶対合格〉とあった。そしてうちわの縁には金色のモールが付けられていた。

主任が現れた。

由美の心臓がピクンと跳ねる。

「お待たせしました」と主任は明るい声で言うと、「準備はいい？」と尋ねた。

「はい」と答えた由美の声は緊張で掠《かす》れていた。

主任が由美の隣に立った。そして由美の前のキーボードを使って数字を入力した。

するとモニターにタイピングテストという文字が出てきた。

主任が言う。「時間は二十分です。ヘッドフォンから聞こえてきた通りに入力してください。住所は漢字に変換すること。マンション名と、個人の名前は全角のカタカナで結構です。オッケーですか？」

「は、はい」

「緊張しているみたいね」

由美は頷いた。

「応援してくれてる人がいるのね」と主任は言って、うちわを指差した。「由美さんは一人じゃない。声援を力に変えましょう」

「はい」

今度はさっきより大きな声を出せた。

由美はヘッドフォンを装着した。手をグーパーグーパーして指の屈伸運動をしてから、主任を見上げた。

主任が頷いたので、由美はエンターキーを押した。

ヘッドフォンから声が流れてきた。

「高知県宿毛《すくも》市――」

必死で指を動かす。

死に物狂いで食らいつき、住所と名前を入力していく。

無我夢中でタイピングを続けた。

突然音が聞こえなくなった。

あれっと思っていると、画面に〈テスト終了〉という文字が現れた。

永遠のような、あっという間のような二十分が終わった。

由美はヘッドフォンを外した。

主任が「お疲れ様」と言い、「ちょっと待っててね」と続けて、由美の隣席でタブレットを操作する。

由美はドキドキしながら結果を待つ。

どうかなぁ。マンションの名前が長くて、ややこしいのがあって、手こずってしまい、制限時間ギリギリになってしまったのが何個かあったのよねぇ。

主任が顔を上げた。「鈴木由美さん。九十一点で合格です」

えっ？

由美は確認する。「今、合格と言いましたか？」

「言いましたよ。おめでとう」

「有り難うございます。良かったぁ」

ほっとした途端、冷えて硬くなっていた身体に体温が戻って来たような感じがした。

主任が言う。「たくさん練習したのね。前回のテストの出来とは雲泥の差だもの。よく頑張りましたね」

なんだか胸がいっぱいになってしまって、言葉が出ない。

由美はただ頷いた。

主任が続けた。「タイピングが速くなったから、お客様を待たさずに済みますね。由美さんの接客はとてもいいですよ。無駄話がやや多いですが、話し好きのお客様もいらっしゃいますからね。無駄話もサービスの一つです。その調子で最強のオペレーターを目指して頑張ってください」

「はい」と元気良く答えた。

嬉しい。凄く。頑張って、結果を出せた。この私が。それって凄いわよ、やっぱり。真緒と直子と、それに夏希が応援してくれたお蔭。それに動画の視聴者からのコメントも力になった。皆がいなかったら、こんなに頑張れなかったもの。時給が上がるの、嬉しいし。それに私はここにいてもいいって言われた気がして……それも嬉しい。

部屋を出た由美は廊下を進む。

そしてオペレーター室に足を踏み入れた。

一番前のテーブルに着く夏希が顔を上げた。電話の相手に向かって喋りながら、問いかけるような目を由美に向ける。

由美はうちわの〈絶対合格〉と書かれている方を夏希に見せて、合格のところを指で指してからピースサインをした。

夏希が微かに頬を上げた。

それ、微笑んだのよね？

夏希が左手を上げた。

由美はその手にハイタッチをすると、歩き出す。テーブルの間を進みながら、真緒と直子を探す。

二人は隣り合った席に着いて、電話を受けていた。

由美は二人の横で足を止めた。そしてうちわの〈合格〉の文字を指差してからピースサインをした。

二人は客との会話を続けながらも、大喜びをしてくれた。

二人が上げた手にハイタッチをした由美は、自席に進む。

そして勢い良く腰掛けた。

十一

やっとG駅に到着した。

遥たちが住むマンションは、ここから徒歩で五分ほどのところにある。

由美は主任から請われて先週、休日出勤をした。今日はその振替休日だった。

由美が住む団地から一時間半掛けて、遥と晴琉に会いにやって来た。

G駅からは北に向かって大通りが走っていて、その左右にはニョキニョキとタワーマンションが建っていた。

そうした高層ビルのせいなのか、ここはいつ来ても強い風が吹き抜けている。

紙袋を風にもっていかれないよう、胸に抱えて一歩一歩強く足を前に出して進む。

そうして遥たちが住むマンションに到着した。

玄関ドアを開けた遥は自分の口の前に人差し指を立てて、晴琉が昼寝したところだと言った。

由美はそうっと寝室に入りベビーベッドの中を覗く。

天使のような晴琉の寝顔をしばし眺めてから、リビングに移った。

ソファの背後に窓があり、レースのカーテンが風を受けて膨らんでいる。遥たちが住んでいるのは二階なので、景色は全然良くない。隣に建つタワーマンションが邪魔をしていた。

遥が紅茶を淹《い》れてくれるというので、由美はソファに座って待つ。そして紙袋から包みを取り出して、ローテーブルに並べた。

遥がマグカップを両手に一つずつ持ち、キッチンから出て来た。

遥がテーブルの上の包みを指差して言う。「また晴琉にオモチャ？　嬉しいけど無理しないでね。晴琉はもうたっくさんオモチャをもってるんだから」

「同じ台詞《せりふ》を私も親に言ったことがあるわ。祖母っていうのは、孫に貢ぎたくなっちゃう生き物なの」

「なんか、ママ、少し会わないうちに雰囲気が変わった。生き生きしているように見える」

驚いて「生き生き？」と繰り返した。

「そう。生き生き。お洒落《しゃれ》にもなってるし」

由美は自分の服を見下ろした。

このセーターは量販店のセールで買った。働き出してから服に気を遣うようになった。そうではあっても生活に余裕はないので、買えるのは量販店の安物ばかりだ。それでも真緒や直子がすぐに気付いて、褒めてくれたりするので励みになる。

由美は言う。「お洒落になったかどうかは分からないけれど、安いのを探したり、コーディネートを考えたりするの、結構楽しいの」

「ママが生き生きしていて私も嬉しいよ」紅茶をひと口飲んだ。「パパの方の情報、聞きたい？　それとも聞きたくない？」

「情報？　そうね、一応聞いておこうかしら。なに？」

「結婚式があった。それで私だけ出席した。晴琉と旦那には留守番して貰って」

「パーティーとは言わずに、結婚式と言うぐらいだから、式場でやったということ？」

遥が頷いた。「ディズニーランドの中のホテルで」

「新婦の希望だったんでしょうね」

「ミッキーとミニーに見守られながらケーキに入刀してた。ドナルドダックとか、リスのなんて言ったっけ……忘れちゃったけど、そういうディズニーの仲間たちもお祝いに駆け付けて、盛り上げるっていう演出の披露宴だった」

由美は眉を少し上げた。

遥が続ける。「それでね、芽衣さんは子どもが欲しいんだって」

「あの人、これから子育てをする気なの？　あの人、五十四よ。子どもが二十歳になった時には七十四なのよ。七十四の時に子どもがまだ大学生って……子育てにはお金が掛かるのに、どういう資産設計を考えているのかしらね。ま、知ったことじゃないから、どうでもいいけど」

「どうでもいいの？」

「だってもう私には関係ない人だもの」

そう言った後で由美は自分の答えに少し驚いた。いつからこんな気持ちになっていたんだろう。

あー。

晴琉の泣き声が聞こえてきた。

遥が「起きちゃった」と残念そうに言ったので、由美は立ち上がり「私があやすわ」と言った。

十二

「始まった？」と由美は夏希に尋ねた。

夏希が小声で「始まってます」と答える。

由美は声を出す。「今晩は。今日は初めてのライブ配信に挑戦します。やだ。なんだか緊張してきちゃった。失敗しちゃったらごめんなさいね」

スマホのカメラは由美の手元を映している。

そして夏希は映り込まないよう、流しの横に座り込んでいた。

ライブ配信をサポートするために、由美の自宅に夏希が来てくれているのだ。

由美は吊戸棚から下げたラックに置いたタブレットに目を向けた。「この右に出てきているのが、今、見ている人たちのコメントね？」

夏希が頷いた。

コメントを見ながら由美は言う。「《六十代のヒロイン》さん、今晩は。今日のメニューはなにか、ですね。今日はジャガイモの肉巻きと、エリンギのマヨネーズ炒めを作ります。はい、頑張ります」

由美はボウルを近くに引き寄せる。「まずジャガイモの皮を剝いて、水に浸けておいてください。そうそう。ピーラーを使わないんですねというコメントを結構貰うんだけれど、私は包丁を使った方が全然早いからなの。まぁ、どっちでもやり易い方で剝いてくださいね」

　ボウルの中身をザルに上げて水を切ると、ジャガイモをまな板の上に置いた。包丁を当てる。「ジャガイモは拍子木切りにしてください。太さはね、これぐらい」一本を摑んでカメラに近付けた。

　ジャガイモのカットを終えると、今度はまな板に豚肉を広げた。

由美は言う。「豚肉の上にジャガイモを、二、三本――四、五本でもいいですよ。こんな風に載せて、豚肉で巻きます。こんな感じ。豚肉の薄切りって、大好き。お安いし、色々アレンジ出来るから。ただ、薄切りのお肉は食べ応えが薄いでしょ、やっぱり。薄切りなんだから。この弱点を、巻くことで克服出来ちゃうの。口の中に入れると、嚙み応えがあるでしょ。この嚙み応えは食べ応えと一緒だからね。本当はジャガイモをいっぱい食べているんだけれど、お肉を食べていると脳を勘違いさせるっていう作戦なの」

　夏希が自分のスマホを見ながら「『出た。食べ応え』というコメントが複数上がってます」と囁いた。

由美は説明する。「食べ応えって、私はつい言っちゃうんだけれど、とっても大事だと思ってるからなの。節約料理であっても、食べ終わった時に、満腹感を味わいたいのよ。だから豚の薄切り肉だと、アスパラガスを巻く人が多いかもしれないんだけれど、私は断然ジャガイモを勧めたいの。アスパラガスよりジャガイモの方が食べ応えがあるから。あっ。また言っちゃった」肩を竦《すく》めて笑みを浮かべた。

それからジャガイモの肉巻きを耐熱皿に並べ、ラップを掛けてからレンジに入れた。

由美は続ける。「このソースは後で手作りしますが、面倒だったら家にあるドレッシングを掛けて貰ってもいいです。次はエリンギのマヨネーズ炒めをやりますね。エリンギは輪切りにしてください。エリンギを縦に切っちゃうと、見た目がしょぼくなるでしょ」

夏希が首を捻《ひね》った。

「あら？」由美は言う。「私だけが思ってることだった？」

夏希がスマホを眺めながら「同意のコメントは上がってこないです」と声を潜めて言った。

「私だけだったようね。まぁ、いいわ。私は一人でもエリンギの輪切りをこれからも推していくから」

フライパンにマヨネーズを絞り出し、そこに輪切りのエリンギを投入した。火を点けて、へらで混ぜる。

夏希が囁いた。「『最近愚痴が減りましたね』というコメントが上がってます」

「愚痴が減った……そうかも。愚痴を言っている時間が勿体ないなって思うようになって……でも。それじゃ、この動画の個性がなくなっちゃうわね。愚痴りながら料理をするのが特徴だったんだから。動画を始めた頃は、愚痴りたいことばっかりだったの。こんなはずじゃとか、なんで私がこんな目にとか、思ってたからね」

マヨネーズをエリンギの上に追加で掛ける。それから火を少し弱めた。

由美は続ける。「皆さんがコメントをくれるでしょ。最初は凄く驚いたの。見てくれた人がいて、コメントをくれる人がいたってことにびっくりして。私の愚痴を煩《うるさ》いなんて言わずに聞いてくれて、頑張ってと応援してくれて、本当に有り難うございます。皆さんからの言葉はとても励みになりました。努力するとか、一生懸命頑張るとか、そういうの、すっかり忘れていて。でもやっぱり大事だなって思うようになりました。一人で生きていくのだから、頑張らないとね。私ね、いい仲間に恵まれたの。だから頑張れそうな気がしてるんだ」

その時、ピーと電子レンジが鳴った。

十三

真緒が「辛い」と言って箸を置き、ハイボールのグラスに口を付けた。

居酒屋のテーブルの中央には火鍋がある。

真っ赤で、ぐつぐついっているその火鍋に、真っ先に箸を入れたのが真緒だった。

一月の給料日の今日、真緒と直子と由美はいつもの居酒屋に来ている。

同じように給料日の人が多いのか、いつも以上に混んでいて、いつも以上に大騒ぎをする客の声が店内に響いている。

真緒が言う。「許されるなら、舌をずっとハイボールの中に浸していたいって感じ」

直子が「そんなに?」と目を丸くし「どうする?」と由美に聞いた。

由美は直子を見つめた。「どうしよっかぁ」

真緒が「ちょっとぉ」と声を上げる。「食べないっていうのは、ないでしょ。新メニューだから注文しようよって言ったの、直子さんじゃなかった? 違う? 由美さん? どっちでもいいわよ。トライ、トライ」

由美と直子はそれぞれの取り皿に、鶏肉とキャベツをほんの少しだけよそう。

直子が「いっせいのせで食べよう」と言うので、由美は頷いた。

由美と直子は箸で鶏肉を摘み上げた。

直子が言った。「いっせいのせ」

同時に二人は口に鶏肉を入れた。

由美の舌はすぐに痺れる。思わずドンドンとテーブルを叩く。

直子は自分の喉を掻きむしり始めた。

二人の様子を見た真緒が大笑いをする。

由美は鶏肉をなんとか呑み下し、すぐにカルピスサワーをがぶ飲みする。

直子もジンソーダをぐびぐびと飲むと涙目で「こんなの罰ゲームだよ」と言った。

それで三人で大笑いした。

笑い過ぎて由美が咳き込み始めた時だった。

由美のスマホが鳴る。

由美は咳の合間に「娘から、ゴホン、電話、ゴホン、ちょっと外、ゴホン」と言って席を立った。

店の外に出た途端、コートを羽織れば良かったと後悔する。

外はキンキンに冷えていた。

由美はスマホを耳に当てた。

そして「はいはい。フー、どうした？」と足踏みをしながら尋ねた。

「今、大丈夫？」

「あんまり大丈夫じゃないけれど、いいわよ、なに？」

「あのさ、パパのことなんだけど」

「死んだ？」

遥が「死んでないよ。なによ、それ」と大きな声を上げた。

雅規は一ヵ月前に脳出血を起こして倒れた。命はとりとめたが半身に麻痺が残ったと聞いていた。

由美は足踏みの速度を上げる。「死んではいないのね。それで？」

「パパね、今、介護施設に入ってるの」

「えっ。そうなの？」

「面会に行ったらね、ママに施設に来て欲しいと伝えてくれって言われたの」

由美は確認する。「私に来て欲しいって？　そう言ったの？」

「うん」

「なんで？」

「分からない」

「介護施設に入所って一時的にってこと?」由美は尋ねた。

「分からない」

「分からないことばっかりなのね。ま、行ってあげてもいいわよ。どこの、なんていうところ?」

「本当に?」大きな声を上げた。

「なんでそんなに驚くの?」

「だって……本当にパパに会いに行くの?」遥が確認する。

「だから、行ってあげてもいいわよ」

「ちょっとびっくりなんだけど。もしかして来てと言われたから、行きたくないのに我慢して行くの?」

「違う違う。もうあの人は過去の人だからね、私にとっては。わだかまりも折り畳めるぐらいになってるのよ」

遥は「へぇー」と間の抜けた声を発した。

電話を切って由美は席に戻った。

由美が「外は寒いよ。すっかり身体が冷えちゃった」と言うと、真緒と直子が同時に火鍋を指差して「どうぞどうぞ」と勧めた。

由美は笑いながら「いえいえ」と答えて蟹クリームコロッケを小皿に取る。

こんな風に仕事帰りに友人たちと居酒屋で過ごすようになるなんて、思ってもみなかったけれど――楽しいんだなぁ、これが。先のことを考えて不安になってたってしょうがない。頑張れば、なんとかなる。多分。応援してくれたり、助けてくれたりする人が、私にはいるから。

由美はグラスを持ち上げた。

そして「これからの人生にカンパーイ」と声を上げた。

すると真緒と直子が、顔を見合わせた。

すぐに二人はケラケラと笑い出し、自分たちのグラスを持ち上げた。

それから「カンパーイ」と言って、由美のグラスにぶつけた。

十四

誰かが野菜を育てているようだ。

小さな菜園に人参《にんじん》の葉が茂っていた。緑色の葉の中に黄緑色の葉がちらほらと見えるので、収穫の時期は近そうだ。

由美は介護施設のラウンジの窓越しに、中庭を眺めていた。

雅規が暮らしているという施設は、Y駅からバスで二十分のところにあった。細い川を挟むように住宅が並び、その中に紛れ込むように建っている。入り口横に掛けられている表札に気付かずに、前を通り過ぎてしまったぐらい、住宅のような外観だった。

由美は窓際に置かれたテーブルに着き、ライトベージュ色の座布団が敷かれた椅子に、腰掛けている。

辺りには消毒液のようなにおいが漂っている。

「園芸部の人たちが育てているんだ」と背後から雅規の声がして由美は振り返った。

車椅子に乗った雅規が近付いて来る。左手で車椅子の肘掛けの先にあるスティックを握っていて、ゆっくりと進む。

右手は膝の上に置かれていた。

痩せたわね。五キロは痩せたんじゃない？　もっとかも。顔も首も、手も、干からびているから、すっかりおじいさんみたい。そのチェックのネルシャツは、以前着ていたものなんでしょうね。小さくなった身体が服の中で遊んじゃってるんだから。

車椅子は由美がいるテーブルの少し手前で停まった。

雅規が言った。「まるで高校みたいにいろんなクラブがあるんだ。書道部とか合唱部とか」

「…………」

「いつだったか、由美が庭で作っていた野菜が病気になって全滅したよな」

呼び捨て？　もう妻ではないのだから、さんぐらい付けるべきじゃない？　私、細かいかしら。

雅規が続ける。「それで君は泣いたね。慰めてもなかなか泣き止《や》んでくれなくて、どうしようかと思ったよ」

「…………」

「そういや、サツマイモが豊作だった年があったろ。近所に配ったんだよな。そうしたら次の日、会社に行くんでI駅のホームで電車を待ってたら、声を掛けられたよ。サツマイモの人ですよねって。サツマイモを一度配ったら、サツマイモの人になっちゃうんだから可笑しいよな」

どうでもいいことをペラペラと。前は私がなにを聞いたって、「ああ」しか言わなかった癖に。この人はなにを焦っているんだろう。

バサッと音がして由美は顔を左に向けた。

壁に貼られていた書道作品が一つ床に落ちていた。入所者の作品だろう。

半紙にしっかりとした筆さばきで書かれた〈希望〉という文字を、由美は見つめる。

雅規が口を開く。「ちょっと感じが変わったな」

由美が黙っていたら、雅規もなにも言わなくなり、ラウンジは静けさに包まれる。

由美は腕時計に目を落とした。

今日乙女座の運勢は、星座のうちで一番いいはずなんだけれど、今のところ、いいことはなにも起こっていない。

少しして雅規が言い出した。「ここまでどうやって来たんだ?」

「そんなことを聞いてどうするの?」

「どうするって……由美は方向音痴だから、ここに来るのに苦労したんじゃないかと思ってさ。ほら、僕の友達何人かと貸別荘に行ったことがあったろ。買い忘れたものを買ってくると言って出て行った由美が、全然帰って来なくてさ。大騒ぎになったの、覚えているか? 店と貸別荘は歩いて十分もないぐらいの距離なのにだよ。携帯なんてまだ持っていなかったから、店に行ったんだよ。店の人に聞いたら、大分前に買い物をして店を出たって言われてさ。その辺りを手分けして捜したんだがいないんだ。四時間ぐらい経って、もう警察に捜索願を出そうと決めた時、由美が戻って来たんだ。店がある方向からじゃなく、反対の山の方から。なんでそっちからって僕も驚いたが、皆も随分驚いていたよ」

再び腕時計に目を落としてから言う。「思い出話を聞いて欲しくて私を呼びつけたの？だったら帰らせて貰うわ。私、暇じゃないのよ」隣席に置いていたトートバッグの持ち手を握った。

雅規が慌てたように早口で言い出した。「実はさ、離婚しようと思ってるんだ。だから昔のようにまた僕と暮らさないか？」

「は？」

びっくりして雅規を見つめる。

なに言ってんの、この人。

由美は確認する。「あなたが再婚した人と離婚しようと思っていて、昔のようにまた私と一緒に暮らさないかって、そう言ったの？」

雅規が頷いた。

由美の腹の底から笑いが湧き上がってくる。

そして弾けるように笑い出した。

ラウンジに由美の大きな笑い声が響き渡る。

可笑しい。可笑し過ぎる。なんて人なんだ、この人は。また僕と暮らさないかだって。ウケる。

笑い過ぎて呼吸のリズムがおかしなことになる。息が苦しくなってきたので深呼吸を試みる。

何度も深呼吸にトライしているうちに、段々息が落ち着いていく。

やっと普通に呼吸が出来るようになって、一つ大きく息を吐いた。

それから言った。「あなたが笑わせるから、呼吸がおかしなことになっちゃったわ。私に自宅で介護をさせたいのね。そうでしょ。若い奥さんに介護を拒否されたからよね。だからここにいるんだろうし。その顔は図星ね。冗談じゃないわよ。私を裏切っておいて、傷付けておいて、介護をして貰えるかもしれないなんて、一瞬も思わないで。図々しいにもほどがあるっていうか、よくもそんなことを思い付いたもんだって呆れるわ。あなたへの同情心なんかゼロだから。興味もゼロ。あなたがどうなっても構わないから。今の私がどんな生活をしているか、どんな気持ちでいるか、あなたは聞いてこないから教えてあげる。私はね、一生懸命働いて頑張ってるの。応援してくれる仲間に支えられてね。毎日が充実しているのよ。あなたには意外だろうけれど、私は今の生活に満足しているの、とってもね。私を頼ろうなんて金輪際思わないで頂戴。連絡もしてこないで。以上」

由美は立ち上がった。呆然としている雅規の横を通り抜ける。歩く。力強く。ドアを勢い良く開けた。

そして一歩を踏み出した。

第二章

五十一歳で
これまでの働きぶりを全否定される

一

足立英子《あだちひでこ》は食券をカウンターに置いた。

水を運んで来た女性店員がその食券を持ち去った。

昼時の定食屋は混んでいる。

取引先での打ち合わせを終えた英子は、駅前のこの店に入り、一つだけあった空席に腰掛けたところだった。

英子はバッグからスマホを取り出した。

総務からメールが来ている。

はっとした。

すぐにそのメールを開いた。

第一事業部部長、内田輝昭《うちだてるあき》が三月二十日付で、取締役に就任すると書いてあった。

嘘……内田が？　あいつ、仕事全然出来ないのに。口惜しさが胸に溢れる。

英子は旅行代理店ウエルカムトラベルで働いている。内田は英子の二期下だった。内田は訪日の団体客向けのツアーを、企画・販売している第一事業部の部長をしている。会社全体の売上の六割を、この第一事業部が叩き出してはいるが、部員の人数が多いのでこの数字は当然ともいえた。

一方英子が部長をしている第三事業部は、滞在中の訪日客に、一回二時間から三時間程度の体験型の観光ツアーを提供している。この売上は会社全体の三割程度だった。

残りの一割は第二事業部が日本人客向けに販売する、国内ツアーの売上だった。

英子は二十八年前に大学を卒業して、ウエルカムトラベルに新卒で入社した。そして十五年前に滞在中の訪日客向けに、体験型の観光ツアーを販売しようと英子が発案した。この企画が社長に通りスタートすることになった。

当初担当は英子一人だった。徐々に売上を伸ばし、それに合わせてスタッフを増員して貰った。今、第三事業部には英子を含めて八名が在籍している。

これまで第三事業部は売上を着実に伸ばしてきたとはいっても、第一事業部の数字には敵《かな》わない。

これが英子が内田に負けた理由だろうか。いや、それもあるかもしれないが、内田が社長に好かれているからと考えた方が、しっくりくる。あいつ、えげつないほど社長にしっぽを振るから。

内田は社長のスケジュールを完璧に把握している。

先月の部長会議の時だった。会議室の窓側の席に座った内田は、開始直後からちらちらと外へ目を向けていた。三十分ほど経った頃、内田は突然「ちょっと抜けるわ」と言って中座した。

後になって内田が会議を放り出したのは、社長を出迎えるためだったと知った。社長が海外出張から戻る予定時間を把握していた内田は、車がビルの前に停まるのを今か今かと待っていたのだ。そして車が到着するや否や階段を駆け下り、社長に「お疲れ様でした。お帰りなさい」と声を掛けたという。

そういうごますり、私には出来ない。やりたくもないし。子どもの頃から媚《こ》びることが出来なかった。可愛げがないという理由で祖父からのお年玉が、他の孫より少なかったことさえあった。

「お待たせしました」と元気のいい女性店員の声が掛かった。

そして英子の前に盆が置かれる。

英子は豚肉の生姜《しょうが》焼き定食をぼんやりと眺めた。

さっきまでお腹がペコペコだったのに、なんだか食欲が湧かない。でも食べないのは勿体ないし。

英子は割り箸を割った。味噌汁をひと口啜ってから椀を一旦盆に戻す。そしてカウンターのソースに手を伸ばした。キャベツの千切りにソースをたっぷり掛ける。箸でキャベツを摘み上げて口の中に押し込んだ。歯を上下させてキャベツを嚙み砕く。咀嚼《そしやく》しているうちに、怒りがフツフツと湧き上がってきた。

その怒りが食事のペースを上げていく。次々に豚肉を口に運びどんどん食べ進める。ものの五分ほどで一気に平らげると、パチンと音をさせて割り箸を盆に置いた。それから湯呑みの緑茶を喉に流し込み両手を合わせた。ご馳走様でしたと小声で言うと猛然と立ち上がる。

電車に乗りMビルに戻ったのは午後一時半だった。

ウエルカムトラベルは、Mビル内の三階のフロアを借り切っていた。

無人の受付台に置かれた電話機で、誰かと話をしている男性の横を通り過ぎた。

第三事業部は右隅の、二十五平米ほどのひと部屋を宛てがわれている。そこは以前パンフレットなどを保管していた、物置部屋だった。第三事業部所属の社員が四名に増えた時に、この場所を使わせて貰えることになり、それ以来ずっと英子のデスクはそこにあった。他の部署がいるエリアと少し離れているのは、気楽で気に入っているのだが、窓がないのが少し不満だった。

第三事業部の部屋はいつものように、ドアが開けっ放しになっている。

英子は中に足を踏み入れ「ただいま」と声を発した。そして一番奥の自分のデスクを目指して進む。席に座るとバッグを膝に載せて、中からスマホを取り出した。

すると部下たちが一斉に近付いて来た。

やっぱりと英子は思う。こういうことになるかもしれないとの予想はあった。内田に負けた私を慰める気満々の部下たちに、取り囲まれるんじゃないかって。予想通りになっちゃった。こんな時、どんな顔をするのが正解？

瞬く間に英子のデスクの周りに部下たちが立ち並んだ。四名ほどの女性社員が前列にいて、その背後の二列目には二名の男性社員がいた。

主任の粕谷由利子《かすやゆりこ》が口火を切った。「私たちは全然納得出来ません。どうして内田部長が、足立部長より先に取締役になるんですか？　内田部長なんて全然仕事出来ないじゃないですか。第一事業部の部下たちが頑張ってるだけですよ。その部下たちから慕われてるって訳でもないのに」

小原千華《おばらちか》が大きく頷く。「どっちかっていうと、部下の仕事の邪魔をして歩いているぐらいですよね。それぞれが抱えている仕事量を把握してないから、無茶苦茶なスケジュールで仕事を振ってくるって、第一事業部の人たち、困ってるって言ってますよ」

由利子が言う。「第一事業部の人たちから、しょっちゅう言われるんですよ。内田部長を撃っちゃってって」

由利子にはライフル射撃の趣味があり、撃って欲しい人物の名前を彼女に告げるのが、社内でお決まりのブラックジョークになっていた。

小原が「社長に見る目がないんですよ」と発言すると、皆が激しく頭を上下に動かした。

山崎《やまざき》が右手を小さく挙げた。「足立部長は今回のこと、事前に知ってたんですか？」

英子は首を左右に振った。「今日、総務からのメールを読んで初めて知ったわ」

由利子が口を尖らせる。「それも酷い話ですね。そういうところが、うちの会社のダメなところなんですよ」

英子は皆を見回してから口を開いた。「社員全員が納得するような人事なんてないんだと思う。どんな人事でも、それに賛成する人と、反対する人はいるもんだから。自分の考えとは違う人事であっても、それは会社の方針なのだから、組織の一員である私たちは受け入れるだけ。自分の仕事を粛々とやりましょう。さ、仕事に戻って」

綺麗ごとを言ってるよ。自分の言葉が白々しくて嫌になる。

それでも英子は不満そうな部下たちに「ほら。仕事仕事」と声を掛けた。

二

「お呼びでしょうか？」と英子は尋ねた。

内田が顔を上げた。

そしてニカッと笑うと「忙しいところ、すみませんね。ちょっと話があったもんですから。どうぞ掛けてください」と言って向かいの椅子を手で示した。

会議室には横長のテーブルと十個の椅子が並んでいる。そこに内田だけがいた。テーブルの上には、内田のタブレットとスマホが置いてある。

英子は指定された椅子に腰掛けた。

内田は窓に顔を向けると「暑くないですか？」と聞いた。

「いえ」

「少し窓を開けてもいいですか？」

「どうぞ」

内田は立ち上がった。

窓を開ける内田の横顔を英子は眺める。

機嫌が良さそうな顔をしていた。

内田は取締役就任の辞令が出てからずっと機嫌がいい。

昨日のことだった。英子は休憩室に菓子を買いに出向いた。

菓子メーカーが提供している、置き菓子サービスを会社が導入しているため、コンビニに行かずとも、休憩室に用意された菓子を買えるのだ。

そこに内田を発見した途端、英子はついてないと思った。だがなにも買わずに休憩室を出れば、内田を避けたと思われてしまう。それは嫌だった。

だから「お疲れ様です」と言った後は、熱心に菓子を選んでいるので、話し掛けないでというオーラを全身から発した。

そのオーラを感じ取ったのか、内田はなにも言ってこなかったのだが、少しすると鼻歌が聞こえてきた。

「トゥルリラ、トゥルリラー」と。

内田に顔を向けるとスマホを弄《いじ》りながら、松田聖子の『野ばらのエチュード』を歌っていた。

セルフレジの機械の前にはポッキーが置かれている。

昔ポッキーのＣＭで使われていた曲を、思い出して口ずさんだのか。

そんなご機嫌な内田が憎らしかった。

内田は席に戻ると話し始めた。「実はですね、社長から思い切って色々なところを、改善して欲しいとの命を受けたんですよ。取締役にしたんだから、よう働けと、そういうお達しなんです。拝命したからには、きっちりと成果を出さなくてはいけませんからね。それでですね、手始めに社員それぞれが、どれだけ会社に貢献しているかを、数値化しようと考えています。それで部毎《ごと》にヒアリングしているんですよ」

いちいち癇《かん》に障る言い方をするこいつが嫌いだ。

英子は睨んだりしないように注意して、内田を見つめる。

オレンジ色のネクタイをしていた。

贔屓《ひいき》の球団のイメージカラーがオレンジだそうで、ネクタイだけでなく筆記具や財布なども、この色のものにしている。

内田が続けた。「第三事業部はどうでしょう。どんな風に数値化すればいいか、意見をお聞かせください」

「その前に伺いたいんですが、数値化して、それからどうするんですか？」

「これから詰めるところですが、まぁ、やっぱりボーナスの査定や、昇進に影響を与える数値になりますよね」

「部署や担当の仕事によって差が出ないよう平等に、数値化出来る方法なんて、あるんでしょうか？」

「それをこれから考えるんですよ。そういう数値があった方がリストラする時にも、決め易いでしょうからね」

「リストラ？」英子は驚いて聞き返した。「リストラする予定があるんですか？」

「まだ決まった訳じゃありません。ただ取締役になって、会社全体のことを見るようになりましたらね、改善出来ることはたくさんあるなと気付いたんです。社長から発破を掛けられていますから、俺も頑張らないといけないので大変なんですよ」と楽しそうに言う。

「費用対効果の観点から見ると、第三事業部は人件費を掛け過ぎているんじゃないかなぁ。どうです？　一人か二人人員が減っても、同じくらいの売上を出せるんじゃないですか？」

すぐさま反論する。「とんでもありません。人手が足りていないのを、皆で必死にカバーし合っている状態です。体験型のツアーは大人数でという訳にはいきません。大勢で神社仏閣を見て回るのとは違います。参加者に教えたり、実際に体験して貰ったりしますから、少人数でないと無理なんです。少人数だからこそ参加者たちの満足度は高くなって、その口コミによって次の参加者を呼び込んでいます。第三事業部では一度の参加者の人数を増やすのではなく、開催回数や種類を増やすことで、売上を伸ばすという方針でやってきました。これで売上を伸ばしてきたんです。回数と種類が増えれば現場に入るスタッフや受付業務、手配やサポートなどの業務は多くなります。人員が減ったら現状の売上を確保するのは不可能です。能力の問題ではなく物理的に無理です。団体客を相手にしている他の部とは、違う商売をしているのだと考えてください。そこを考慮して頂けないと、第三事業部の部員が不公平な評価を受けてしまいます」

「部員を減らしたくないなら別の改善方法もありますよ」

　嫌な予感がする。

　内田が言う。「提携店に支払う手数料を下げたらどうですか？　粗利が増えてがっぽりじゃないですか」

　予感的中。内田には取引先を苛《いじ》めるのが仕事だと、思い込んでいる節があった。ウエルカムトラベルも取引先も、共に儲けようという考えを持ち合わせていない。だからゴリ押しをして取引先を苦しめる。そんな男が取締役になった。

　これからこうした無理難題を吹っかけられ続けるのか……うんざり。

　英子は提携店に支払う手数料を下げれば、取引を断られるだろうから、体験型ツアーを継続出来なくなると説明したが、安い手数料で受けてくれるところを、探してくるのが仕事だろうと反論された。それから嚙み合わない会話がしばらく続いた。

三十分ほど経った頃、社内のヒアリングが完了したら、会社としての方針を出すと内田は宣言し、話し合いは突如終了となった。

英子は通常業務に戻り午後六時過ぎに退社した。

電車に乗りスマホを確認すると、夫のジョージ・ブラウンから、今夜のメニューはチキンカツ丼だという知らせが届いていた。

火曜日はジョージが晩御飯を作ることになっている。

メニューの知らせを受ける度に、料理好きな人と再婚して良かったと英子はつくづく思う。

約四十分で自宅マンションに到着した。

九〇二号室の玄関ドアを開けて靴を脱ぐ。

廊下を進みリビングのドアを開けて「ただいま」と言った。

キッチンからジョージが「お帰り」と応える。

ダイニングテーブルにはすでに料理が並んでいた。

部屋着に着替えるのが面倒で、手だけ洗って英子はテーブルに着いた。

すぐに二人の夕食が始まった。

英子と同い年のジョージは、日本の大学で比較文学の教授をしている。日本が大好きな英国人は日本語がペラペラだった。日本の諺と漢字は英子の何倍も知っている。

前夫との間に生まれた娘の美有紀《みゆき》は看護師で、今は勤務する病院の寮で暮らしているので、英子はジョージとの二人暮らしだった。

ジョージが言う。「今日は荒れてるね」

「ん？」

「いつもより食べるのが速いから。そういう時の英子は怒ってる」

「そう。怒ってる。内田に怒ってるの」

会議室での話をひとしきり語った後で言った。「あいつのこと、前から好きじゃなかったのよ。あいつ、いつもドアが開いているのにうちの事業部に来る度に、コンコンって口でノックの音を出すの。そういうところ虫唾《むしず》が走るほど嫌だし、これは三八《さんぱち》とか、一九《いちきゅう》とか、いっつも金額の単位を言わないところもホントに嫌なの。普段細かい癖に金額の単位だけぼやかすのよ。それが粋だと思ってるんだから馬鹿でしょ。でもあいつは取締役になったから、これからなんだかんだと、うちの部に言ってくるに決まってる。もうね、労働意欲が折れた。会議室でポキンと折れる音が聞こえたから」

ジョージは箸で上手に味噌汁の中の豆腐を摑み、口に入れてから「大変だね」と同情するような声を出した。

そして言った。「会社を辞めたら？」と。

「えっ？」

「独立すればいいよ。滞在中の訪日客に体験型ツアーを売ったらいい。オーダーは全部ネットなんだよね？　どこかに店を構えなくていいんだから出来るよ、個人で。英子はノウハウをもっているんだし」

「えー。そうしよっかなぁ。なんてね」

「そうだよ。やっちゃえばいいよ」

「ちょっと待って。本気で言ってるの？」英子は確認する。

「本気だよ。女は度胸と言うじゃないか」

「それ、男は度胸だから。わざと間違えたりして私を煽《あお》らないでよ」

ジョージの冗談だと思ってたのに、本気で言ってるなんて……独立なんて、そんなこと……無理よ。ん？　無理かな？　うん。無理よ、多分。無理なのに……ちょっとワクワクしてるのはなんでだろう。

英子は首を傾げながらサラダのキュウリに箸を伸ばした。

三

ウエルカムトラベル社長、南里貴久《みなみさとたかひさ》はテーブルのスマホに手を伸ばした。スマホを摑むと、それを耳に当てて喋り出す。

向かいのソファに腰掛ける英子は、テーブルの一点を見つめて、社長の電話が終わるのを待つ。

だがなかなか終わらない。

英子は顔を上げて社長室を眺めた。

壁には四つの額装された写真が飾ってあった。そのすべてが社長と男性のツーショット写真だった。

英子が分かるのは、そのうちの一人の人物だけ。アメリカの元大統領だ。

社長も元大統領もかなり若いので、恐らく四十年ぐらい前の写真ではないだろうか。

ウエルカムトラベルは、社長が大学を卒業してすぐに起こした会社だった。

写真の中の社長はすらっとした好青年といった風情だが、今、英子の前にいるのはメタボなジジイだった。

社長は誰かと会食の日程を決めると、やっとスマホをテーブルに戻した。

そして「足立君からこういうものを出されるとは、思っていなかったよ」と言って退職願と書かれた封筒を太い指で指す。

それから「辞めてどうするの？」と尋ねた。

「少しのんびりしようと思っています」と英子は答えた。

体験型ツアーを自分で販売するつもりだと言わない方がいいと、友人の弁護士からアドバイスを受けていた。どんな邪魔立てをされるか分からないから、辞めるまでは大人しくしておいた方がいいとも言われていたので、その忠告に従うことにしたのだ。

社長が「のんびりねぇ」と繰り返した時、デスクの内線電話が鳴った。

社長がその重い身体をゆっくり持ち上げると、背後のデスクに向かう。そして受話器を握った。電話をしながらマウスに手を乗せ、パソコンの操作を始める。

私の退職は、この社長にとっては大したことじゃないんだ。仕事を一時ストップするぐらいの、大きな衝撃を与えていないってことだものね。そういうことでしょ。入って来る電話をそうやって受けてしまうんだから。もっと……いや、もう少し、私がいなくなることを残念がってくれたっていいのに。二十八年間会社に貢献してきたつもりでいたけど、社長はそうは思っていなかった……もっと早くに会社を辞めていれば良かった。

雨音に気が付いた。

英子は窓に顔を向けた。

雨が窓に当たって流れて出来た線が何本も走っている。

昨日も一日中降っていたし、もう梅雨に入ったのかもしれない。

雨が作っていく模様を眺めていたら……ふいに虚しさに襲われた。

英子は視線を社長に戻した。

受話器を耳に当てたまま、真剣な表情でモニター画面に向かっている。

毎週月曜日は、午前八時四十五分までに出社するのが決まりだった。午前九時の始業までの十五分間、社長の訓示を聞くためだ。全員が一ヵ所に集まれる場所はないので、この社長室と各自のパソコンを中継で繋ぎ、社員たちはモニター越しに訓示を聞く。

この訓示がとてつもなくつまらなかった。用意した原稿を単調に読み続けるだけなので、まったくこっちの頭に入ってこない。この訓示タイムを社員たちは苦行タイムと呼んでいる。

だが内田だけは「今日のお話も大変勉強になりました」とか「さきほどのお話をもう少し聞かせて頂きたいのですが」などと言ってはしばしば社長室を訪れていたという。

英子はそうしたことをしてこなかった。それでなのかな。こんなに軽んじられるのは。

おべっかを使って社長の機嫌を取れば、もっと大切にされたのだろうか。会社員としての生き方を私は間違ったのだろうか。

社長が受話器を置き英子の向かいに戻った。「待たせてすまなかったね」

「いえ」

「足立君はうちの大きな戦力だ。第三事業部を束ねられるのは足立君以外いないよ」

「………」

「足立君がここで、体験型ツアーをやりたいと訴えた時のことを覚えているよ。熱く語っていたね」

そうだった。英子は社長に必死に訴えたのだった。

大学生の頃、英子は夏休みの度に海外旅行に出た。危険な目に遭いそうになったり、騙されてお金を取られたりしたこともあったが、そういうトラブルより、親切にされたことの方が記憶に残った。

イギリスの田舎町でのことだった。一軒の家の前で足を止めた。小さいながら手入れがきちんとされた庭は、素晴らしかった。ぼんやり眺めていたら、家主らしき男性がなにをしているのかと聞いてきた。庭が素敵だから眺めていたと答えたら大層喜んだ。

そして家の中にいた妻に「おい、こちらの人が庭を褒めてくれたぞ」と告げた。それに反応した奥さんが家から出て来たので、英子はまた庭を褒めた。

日本からの一人旅だと知った夫婦は、これからスコーンを焼くから、一緒に作ってお茶を飲もうと誘ってきた。

英子は驚いたが、その誘いを受けることにした。

それからキッチンで奥さんからスコーン作りを学んだ。その後で紅茶の淹れ方も習った。そうして三人で庭のテーブルに着き、スコーンと紅茶を楽しんだ。

この時に得た満足感は英子の記憶に深く刻まれた。十五年経ったある日、英子はこの時の旅を思い出した。そして海外からの旅行者にも自分と同じように、実際に体験して日本の文化を楽しんで欲しいと考えた。

当時の上司に企画書を出したが、後で見ておくと言っておきながら放置され続けた。だから上司を何度もせっついた。あまりにしつこくせっつかれることに嫌気がさしたのか、君が社長を説得してみたらと言い出した。それで英子はこの社長室に一人で乗り込んだのだ。

英子は言う。「生意気にも社長に直談判しました。若気の至りです」

社長のスマホが鳴った。

社長がスマホを摑み耳に当てた。

四

英子は冷蔵庫の扉を開けた。ピッチャーを取り出して中の麦茶をグラスに注ぐ。ピッチャーを冷蔵庫に戻すと、その扉に背中を預けた。ひと口飲んでからカウンターの上の時計に目を向ける。

午後二時だった。

第三事業部の皆はどうしているだろう。

訪日客が増える七月は、観光業界では特に忙しい時期だった。

英子は七月十日でウエルカムトラベルを退職した。

英子がいなくなった後は、由利子が部長になると思っていたのだが、内田が第三事業部を直轄で見ることになった。

引き継ぎのスケジュールを決めようと、内田に声を掛けたら「そういうの、いらないので」と言われた。

意味が分からず、きょとんとしていると内田は説明した。「踏襲するつもりはありません。だからこれまでのことを聞いても意味がないので、結構です」と。

英子は驚き「それで宜《よろ》しいんですね？」と確認した。

すると小馬鹿にしたような笑みを浮かべて、内田が言った。「第三事業部の人たちには、意識改革が必要だと考えています。この際ですからはっきり言わせて貰いますが、足立さんのやり方は生温《なまぬる》かったんですよ。仕事はもっとシビアなものです。これからは全員に目標の数字を与えます。それをクリアするよう励んで貰います。これまでのように皆仲良く、和気あいあいというのは終わりです。ビシビシやるつもりですよ」と。

内田は最後の最後になって、英子がしてきたことを全否定した。不思議と腹は立たなかった。ただ自分がいなくなることで、内田が上司になってしまった第三事業部の皆に、申し訳ない気持ちでいっぱいになった。

引き継ぎをしてから七月末ぐらいに退職するつもりでいたが、内田から拒否られたため、予定より早いタイミングでの退職となったのだ。

内田が宣言通り第三事業部を変えたのならば、皆は例年以上に忙しい七月を過ごしているはずだ。

グラスを持ったままキッチンを出た。そしてダイニングテーブルに着いた。

六畳のダイニングの向こうには十畳のリビングがある。

その間の食器棚には、英子が旅先で買い集めた、アンティーク食器が飾られていた。高価なものはない。蚤《のみ》の市などで買った安い物ばかりだ。少しぼんやりした絵付けが可愛いし、これに昔の人はなにを載せていたのだろうと、想像するのも好きだった。

英子はノートパソコンのディスプレイを覗いた。ホームページの制作会社から、メールが来ているのに気付いた。添付されていた見積書を開く。

こんなにするのか……高い。

計画表のファイルを開き、見積もりに書かれていた金額を入力してみた。

経費の合計額の欄の数字が即座に変わった。

思わずため息が出た。

想像していた以上に起業にはお金が掛かる。やっぱりリアルなオフィスやシェアオフィスを借りるのは諦めて、経営が安定するまでは、バーチャルオフィスのサービスを利用した方が良さそう。そこの住所を使って登記をして、郵便物の転送を依頼しても、それほど高額にはならないから。

独立なんてして本当に大丈夫なのか……。今なら独立を止めても、出費はしていないので損はしない。今なら引き返せる。ウエルカムトラベルには戻れないけど、どこかに転職して……もう五十代だし、それも難しいか。前に行っても、後ろに下がっても、どっちも大変ならば前に進むしかないわよね。でも……預金をつぎ込んで失敗したらどうしよう。

すぐそこにある老後は預金だけが頼りなのに。それを減らしてしまうかもしれない。ジョージに煽られて退職を決意したけど、本当にこれで良かったのか――。なんだか……胃が痛い。


英子は胃の辺りに手を当て円を描くように撫でた。

ふと、テーブルの隅に載せたチラシに目が留まった。

そのチラシの中に経験不問の文字があった。

思わず手を伸ばして引き寄せる。

それはスーパーのレジ係の求人広告だった。

一日二時間からOKと書かれていて、笑顔の女性のイラストが添えられている。

英子はその時給の欄に見入った。

五

「随分と水臭いじゃないか」と陣内晃一《じんないこういち》は言った。

英子は「不義理をしまして申し訳ございません」と頭を下げた。

「会社だろ。粕谷さんから聞いたよ。取引先に退職を知らせるなって、そういうお達しが会社から出たんだろ。ひでぇ話だな」

英子は驚いて隣の由利子に顔を向けた。

由利子が口を開く。「そうなんですよ、酷い話なんですよ。足立は、えっと、もう上司じゃないから足立さんでしたね。足立さんはお世話になった取引先に、退職の挨拶をして回りたいと言ったんです。でも足立さんの後任の責任者が、それはまかりならんと。対面も電話も、メールも手紙もすべて禁止と決めたんです」

なにそれ。そんな内輪の話を取引先にペラペラと喋ってるの？　由利子が言っているのは事実ではあるけど、取引先に告げ口しなくたっていいのに。

由利子から連絡があったのは三日前だった。「大将が足立さんを店に連れて来い」と言ってきかないので、ウエルカムトラベルを退職したのに頼むのは気が引けるが、出てきてくれないかと請われた。それで英子は陣内の店に来たのだった。

陣内は寿司店の店主で今年六十歳になる。いかつい顔をしているので怖そうに見えるのだが、実はとても優しくて細やかな心遣いの出来る人だった。

コロナによって、ウエルカムトラベルが大打撃を受けた時も、この店だって同じように大変だったはずなのに、稲荷寿司を大量に差し入れてくれた。「大変だろうが頑張ってな」と言って。

それに英子の誕生日を覚えていてくれて、その日の前後に訪問すると、いつも特別な一品をご馳走してくれた。

英子がこの店を知ったきっかけは、訪日客のブログだった。食べ方や魚のことを英語で説明してくれる、親切なオーナーの店だと書いてあった。調べてみるとこの店には日本語だけでなく、英語版のホームページがあった。当時、訪日客向けの英語版のホームページを、用意している寿司店は珍しかった。

そこに書かれていた住所を頼りに英子はこの店を訪れた。その日、東南アジアからと思《おぼ》しき観光客に、陣内は英語で対応をしていた。その英語力と、接客の様子と、丁寧な仕事ぶりを目《ま》の当たりにした英子は、その場で陣内に訪日客の体験型ツアーの参加者の受け入れを懇願した。寿司店で大将から、握り寿司や巻き寿司の作り方を学ぶツアーは、訪日客を喜ばせると思ったのだ。

だが陣内は教えるとなると、自分の英語力では伝えきれないだろうから、客は理解出来ず、つまらないツアーになると参加を渋った。陣内の英語は、ラジオ講座で勉強しただけの独学だと言った。

英子は美しい英文で話す必要はないし、単語を言うだけでも充分伝わるし、実際目の前でやって見せるのだから、難しく考えなくても大丈夫だと説得を重ねた。

店に一ヵ月ほど通い続けた結果、陣内はツアーの受け入れを決めてくれた。そして第三事業部の中で一番人気のツアー先となった。

五十平米ぐらいの店内の一番奥には、英子たちがいる和室がある。掘りごたつ式で黒いテーブルの周りには、八個の座布団が並んでいる。小さな床の間には掛け軸が飾られ、一輪挿しの花瓶には木槿《むくげ》が活けられていた。

陣内が言った。「敵は警戒してるんだろう」

「警戒ですか？」英子は聞き返した。

「ああ」陣内が頷く。「足立さんが独立したら、提携先を全部持っていかれるかもしれないと、警戒したんだろう。それで提携先に連絡するのを禁止したに違いねぇよ」

由利子が「きっとそうですね」と同意する。

陣内が質問した。「で、どうするの？　独立して体験型ツアーの会社を起こすの？」

英子は答える。「そう出来たらと考えて、準備をしているところなんですが、色々とやることが多くて、まだ先になりそうです」

「そうか」陣内が言う。「やっぱり独立するか。よっしゃ。そりゃあいい。だったらうちを提携の第一号店にしてくれよ」

「有り難うございます。今のお言葉はとても有り難いですし、嬉しいのですが、ウエルカムトラベルと取引があったところは、避けるべきではないかと思っていまして――」

最後まで言わせずに陣内が声を発した。「なに言ってんだよ。そんないい人をやってたら足立さんが損するじゃないか。これから新規でツアーの受け入れ先を探すんじゃ、時間が掛かってしょうがないだろ。足立さんが努力して摑んだ受け入れ先なんだから、そこを狙ってウエルカムトラベルから奪っちまえよ」

「……そんなことをして、いいんでしょうか？」

「いいよ。俺が許可するよ」と答えた後で、真剣な表情から一転ニヤリとした。「そもそもさ、ウエルカムトラベルと交わした覚書には、他の会社のツアーを受け入れてはいけないと、書かれてはいないんだからな。だからいいんだよ」

そうかもしれないけど……法律的に問題なくても私の気持ちがすっきりしない。

「それに」と陣内が言い出す。「うちはウエルカムトラベルとの取引は、止めることにしたから、足立さんと提携したってなんの問題もないんだ」

「えっ」英子は驚いて聞く。「提携を止めたんですか？」

「ああ」と陣内が答えた。

由利子が「弊社の第三事業部が取引している、すべての提携店様にお支払いする手数料が、下がったんです。それでうちとの取引を止めるところが増えているんです」と少し楽しそうに説明した。

まるで提携先が減るのを喜んでいるかのように。

陣内は英子が独立した暁には、提携の第一号は自分の店だからなと念を押すと、折詰に収めた稲荷寿司を差し出した。

英子はその代金を支払うと申し出たが、陣内は頑として受け取ってくれなかった。それ以上粘っても角が立つだけだと判断し、英子は有り難く頂戴して店を出た。

強い陽射しに思わず目を細める。

八月に入って一週間、猛暑日がずっと続いている。

英子と由利子はジャケットを脱ぎ、腕に引っ掛けると歩き出した。

由利子がレジ袋を少し持ち上げ「私まで稲荷寿司を頂けてラッキーでした」と笑みを浮かべた。

由利子の綺麗に揃った白い歯が零れる。

英子は尋ねる。「さっきの話、本当なの？　提携先への手数料を下げたら、取引を止めるところが増えてるって言ってたけど」

「本当です」

由利子は足を止めるとバッグの中に手を入れた。

そしてＡ４サイズの封筒を取り出して、英子に差し出した。「これ、どうぞ。差し上げます。取引を止めた元提携先を表にまとめました。そのリストに足立さんが営業したら、すぐに取引して貰えますよ、きっと。大将が言っていたように、ウエルカムトラベルに遠慮することはないですよ。そのリストの相手は足立さんが営業する前に、すでにウエルカムトラベルとの提携を、止めていたところですしね」

英子は少しの間迷った。

それから手を伸ばして受け取る。「有り難う」にかっと笑った。「どういたしまして。頑張ってください。応援してますから」

一つ頷き「有り難う」ともう一度言った。「ねぇ、私が独立すると予想して、こういう準備をしてくれたの？」

「はい。足立さんは退職された後のことは、なにも仰《おつしや》っていなかったですけど、多分、じゃなくてきっと独立するって思ってました。私だけじゃなく、第三事業部の全員が」

「全員が？」英子は目を瞠《みは》った。

「引退してなにするんです？　働いている姿しか想像出来ませんよ。働くならこれまでの経験を活かしてじゃないですか、やっぱり。だとしたら独立ってことですよね。予想もなにも必然ですから。当然のように私たちは、足立さんが独立されると思ってましたよ」

「…………」

「ま、そう思ってたのは第三事業部だけじゃなくて、内田取締役もですけどね」

「…………」

「内田取締役様が張り切っちゃってまして、そのせいで会社はガタガタになってます。頼むから撃っちゃってって声が、これまで以上にたくさん私に寄せられています。なんか、本当に撃っちゃおうかなって思う時もありますよ」

英子はなんと声を掛けたらいいのか分からなくて、ただ呆然としていた。

六

相変わらず綺麗にしている。

忙しいだろうに、美有紀の部屋はいつ訪ねても片付いている。

美有紀が住んでいるのは、勤めている病院から徒歩五分のところにある、八階建ての寮だった。寮とはいっても、それぞれが完全に独立していて、普通のマンションと変わらない。１ＬＤＫの部屋は三十平米だった。

小さな窓には薄いグレーのカーテンが引かれ、夏の強い陽射しが部屋に入るのを幾分か和らげている。その隣の壁に設置されたエアコンからは、冷風が勢いよく吹き出している。

英子はダイニングテーブルにレジ袋を置いた。

来る途中でデパ地下の惣菜を買ってきた。

英子と美有紀は二人ともデパ地下の惣菜が好きだった。性格も好みも全然違う母娘なのだが、これだけは一致している。

英子はレジ袋に手を入れた。容器を取り出して昼食をテーブルに並べていく。

美有紀がキッチンから皿を運んで来て、テーブルに置いた。

どれも白無地の実用一辺倒の皿だった。

英子は尋ねる。「結婚式の準備は順調？」

「うん。ウエディングプランナーから渡された、スケジュール通りに進んでいるから順調だと思う」

「それはよかったわ」

美有紀は半年後に結婚式を挙げる。

美有紀が二歳の時に、英子はジョージと再婚した。幼かった美有紀は、ジョージを実の父親だと思っていたようだった。

美有紀が小学三年生の時に、英子は真実を話した。

美有紀はしばらくの間、考えるような表情を浮かべていた。

それから言った。「皆はパパが一人だけど、私には二人もパパがいるのね」と。

無理して言っている様子はなかったので、本気でそういう風に考えたようだった。

美有紀はしっかり者でポジティブだ。看護師になりたいと言われた時、向いていると思った英子は大賛成した。

二人の昼食が始まった。

美有紀が出汁《だし》巻き玉子を自分用の小皿に移した。「ママの方はどうなの？　独立の準備は順調？」

「順調か、順調じゃないのか……元部下や元提携先の人たちが応援すると言ってくれてて、それは凄く有り難くて心強いんだけど……そうなんだけど実は未だに迷ってるの」

「なにを？」

「独立するのを」

美有紀が大きな声を上げる。「そうなの？」

「そうなのよ。やっぱり独立なんて無理なんじゃないかって思うの。独立しようなんていうのは、私みたいにグダグダ考えないで、すぱっと決められる人がすることなんじゃない？　失敗して貯金を減らして、老後が悲惨になるんじゃないかって、不安でしょうがないのよ。今ならまだ引き返せるでしょ。独立を止める決断をするなら、ラストタイミングだからね」

「ママらしい考え方だね」

「そう？」

「ママは不思議な人。豪快なところもあるのに、繊細なところもあるよね。海外旅行に行く前になるとママはいつも大騒ぎしてた。美有紀が一緒なのに大通りのホテルが取れなくて、裏通りのホテルになってしまったけど、治安は大丈夫だろうかと言い出したりして。持って行く私の服のポケットに、ママとパパの携帯番号と、大使館の電話番号を書いたメモを入れてたよね。全部の服にだよ。そんなに心配なら、旅行に私を連れて行かなきゃいいのにって、子ども心にも思ってたんだから」笑みを浮かべた。「でもいい経験になるはずだからって私を連れて行った。飛行機に乗るとママのスイッチが切り替わるの。アクシデントも、旅の醍醐味の一つだからとか言っちゃって、腹が据わるんだよね」

美有紀が箸を置いた。

そして楽しそうな顔で指を折りながら挙げていく。「ホテルの予約が取れてなかったことがあったでしょ、それからタオルが足りなかったこともあったし、頼んだのとは違う料理が出て来たこともあったよね。それから……そうだ、空港がストライキで飛行機が飛ばなくて、帰れなくなったこともあった。鍵が壊れていて、トイレから出られなくなったこともあったね。ママはそういう時、あらあらとか言っちゃって、大変な目に遭ってるのに、どっちかっていうと楽しそうにしてた。それで笑い飛ばしてた。飛行機に乗る前のママとは別人だから、本気で二重人格なのかもって、疑ったこともあったんだよ。パパに言ったら、そういう相反するものを併せもっているところが、ママの魅力なんだって。今、ママは準備中だから繊細モードの方なんだと思う。でもいざスタートしたら、トラブルを笑って遣り過ごせるよ、きっと。これまでのようにね」

そうなの？　そうね。そうかも。私は準備の段階では繊細なのか……神経質になっちゃうみたいね。でも飛行機に乗った後は、どうとでもなれって気持ちになれる。だったら一歩前に踏み出したらいいのよね。もしトラブルが発生したら、それを楽しめばいい。そっか。

英子は口を開いた。「有り難う。なんだか美有紀の言葉で吹っ切れた気がする」

美有紀は笑顔で頷いた。

七

英子はオットマンに腰掛けて息を吐き出す。

ちょっと足が疲れてしまった。

しばし脹脛《ふくらはぎ》を揉む。それからバッグに手を入れてスマホを取り出した。

英子の会社、エクスペリエンス・ジャパン・サービス・カンパニーの、体験ツアーへの申し込み数をチェックする。

はぁ。今日もまだ一件もない。

今度は公式サイトへのアクセス数をチェックしてみる。

今朝見た時から二十ぐらいしか増えていなかった。

肩を落とす。

英子は訪日客に、体験型の観光ツアーを販売する会社を起こした。スタッフは英子と由利子の二人だった。一人で始めるつもりだったが、由利子からウエルカムトラベルを辞めるので、そっちで雇って貰えないかと言われた。英子が渋っていたら、由利子が三ヵ月は無給でいいと言い出したので、雇うことにしたのだ。オフィスはなくそれぞれの自宅で仕事をしている。

英子はスマホをバッグに戻して周囲を見回した。

エレベーター横に設置されたオットマンには、四人の客が腰掛けていて、それぞれスマホを弄っている。

この商業施設は今月オープンした。一階から八階までがショッピングや飲食を楽しめるフロアで、九階から三十階はオフィスエリアになっていた。

ショッピングフロアではすべての階に、このようなオットマンが色々な場所に設置されていて、客の休憩スペースがたくさん用意されている。

吹き抜けになっているため、英子がいる二階からは下のフロアを覗けた。一階の正面口にディスプレイされている、生花を使った作品を真上から眺められる。

秋をイメージしているのか、赤く色づいた楓《かえで》を大胆に使った作品だった。

今日は体験ツアーの提携店の発見だけでなく、企画のヒントでも見つけられたらと期待して訪れたのだが、どちらもダメだった。出店しているブランドは、既視感たっぷりで新鮮味はなかったし、なにも閃かなかった。他の商業施設と同じように、客で賑わっているのはレストランフロアと、地下のフードフロアだけだ。

「足立さん」と声が聞こえて英子は顔を右に向けた。

げっ。

内田だった。今日もオレンジ色のネクタイをしている。

内田が作り笑いを浮かべながら近づいてきて、英子の隣に座った。

そして「奇遇ですねぇ」と言った。

「そうですね。ご無沙汰しております。ホテルの内覧会の帰りですか？」と内田が横に置いた紙袋を目で指した。

小さく頷いた。「どうしても見て欲しいと言うもんだから、行ってきたところです」

この商業施設から徒歩五分のところに、今月末にホテルがオープンする。そのホテルのロゴが印刷された紙袋を、内田が持っていたので、その帰りではないかと読んだら、その通りだった。

内田はホテルの内覧会が大好きだった。

以前ほどではないにせよ、ホテルにとって旅行代理店はお得意様だ。旅行代理店経由で宿泊してくれる客はまだ多かった。だからホテルは開業前に内覧会を開き、旅行代理店のスタッフを招待してアピールする。豪華な食事が出され、特別ショーなどが披露されることもあった。そして帰りには豪勢な手土産が配られた。

これに内田は毎回必ず参加した。

以前一緒に参加していた時、内田に部下から緊急連絡が入った。第一事業部主催のツアー中に、客がいなくなったというものだった。

内田はすぐに会社に戻るのだろうと思った英子は、お疲れ様ですと声を掛けた。だが内田は不思議そうな顔をした。だから「戻らなくていいんですか」と英子が確認すると、

「いいんですよ。部下にやらせておけば」と内田は答えた。

ツアーの途中で姿をくらます客はたまに出る。そんな時に内田はいつも張り切って客の行方を追う。そうやって解決出来るのは自分だからだと、皆に知らしめるのが、楽しくてしょうがないといった風だったのに。承認欲求が強い内田が、その機会を部下に譲ってでも、最後まで参加したいと思わせるぐらい、彼にとってホテルの内覧会は大切なものだったのだ。

内田が口を開いた。「ここはまだチェックしていなかったので、ついでにちょっと寄ってみたんですが、まさか足立さんと会うとは思ってませんでしたよ。ここへは視察に?」

「ええ、まぁ」

「特に目新しいものはなかったですよね、ここ」

「まぁ、そうですね」

「だが一店舗ごとのスペースは、かなり広くなっていますからね、団体客を連れて来るに

は悪くないですよ。限られた時間の中で、お客さんに買い物をパパっとして貰うには、大きな店がたくさん入っている、こういうところは都合がいいですから」

内田は顔を左右に動かして周囲を見回し始める。

それから突然「よし」と声を発すると、「ここを組み込んだツアーを作ってみます」と宣言した。

内田が説明する。「ツアーの内容は常に新しいものにしていかないと、お客さんに選んで貰えませんからね。満足出来るような手数料であれば、他の商業施設に立ち寄るツアーも、ここに変更したっていいですし。そういえば第三事業部の提携店を一新したんですよ」

知っていたが「そうなんですか?」と口にした。

「ええ。一部残した店もありますが、ほとんどが新規です。それで粗利率がぐっと良くなりましたよ」と自慢する。

手数料の値下げを通達された提携店の多くは、それを受け入れず取引を止める選択をした。

相場より安い手数料で受けてくれる提携店を探すのは、大変だろうと思われたが、内田は部下の尻を叩き捲《まく》った。その結果、これまでと同じ数の提携店を抱えることに成功したと、由利子から聞いている。

内田が質問した。「で、どうですか？　そちらの会社は？」

「ぼちぼちやってます」

「粕谷さんと二人だけだそうですね」

「はい」と答えた。

由利子がウエルカムトラベルを退職する際、英子のところで働くことを、第三事業部のスタッフには告げたと言っていたので、そこら辺から内田の耳に入ったのだろう。

内田が言う。「もっと大きい規模で始めるのかと思ってましたよ。三十人ぐらいのスタッフを抱えてとかね。前に足立さんが言っていた通り、団体客のツアーとは違って、体験型ツアーは一ツアー当たりの利益が小さいんですから、数で勝負じゃないですか。それだと人員は必要でしょ。でも足立さんはそういうのは望んでないんですよね。小さい商売でいいという考え方。俺とは違いますが、そういう商売のやり方もアリだと思いますよ。足立さんには旦那さんの稼ぎがあるんですし。パート感覚で働くというの、アリですよね」

いつかこいつをぎゃふんと言わせたい。私が小さい商売でいいと考えてると思い込むな。資金がないから小さくしか始められないんだ。たった二人で始めた会社を馬鹿にしているのを、隠そうともしないのがムカつくんだよ。

英子の胸の内で怒りが燃えているのを、内田はまったく気付かない様子で「それじゃ、頑張ってください」と気軽な調子で言うと立ち上がった。

八

おかしいなぁ。どうしたんだろう。

英子はスマホを摑み、元同僚の山本《やまもと》の電話番号を探す。

訪日観光客向けの情報をまとめたサイトの編集の仕事をしている山本に、会社を始めたことを話した。会社のツアーを売り込むと、体験型ツアーの特集ページを作る予定があるので、そこで紹介すると、掲載を約束してくれた。

その掲載ページのアップが、今日の午前九時と聞いていたので、十分も前から自宅のデスクに着き、今や遅しと待っていたのだが、一向に更新されなかったのだ。

山本の携帯に電話が繋がり、英子が名乗ると、いきなり「すみませんでした」と謝られた。

山本が言う。「掲載の件ですよね。実は掲載するつもりで、頂いた画像と資料を使って記事を作っていたんですけど、うちの代表の笠原《かさはら》から突然ストップが掛かったんです。ウエルカムトラベルの内田さんから直々に笠原に電話があったそうなんです。以前どこかで名刺交換をしていたらしくって。特集ページの話を小耳に挟んだそうで、広告費用を出すから、ウエルカムトラベルのツアー情報だけにしてくれないかと言われたようなんです」

「えっ？」

「その提案を笠原が呑んだんです。すみません。うちの代表、金に弱いんです」

「………………」

「そんなこんなで進行が遅れて、更新は来週になりました。英子さんのところを掲載出来ないと判明してすぐに、連絡すべきでしたのに、しなくて、すみませんでした。英子さんの力になりたいと思ってたんですよ、私は」

「そうだったの」英子はがっかりする。「紹介して貰えるのを楽しみにしていたから、とても残念だけれど、しょうがないわ」

「内田さん、英子さんのところを滅茶苦茶ライバル視しているみたいですね」

「ライバル視？」

「ちょっとはしょって説明したんですが、流れをお話しすると、実は最初、内田さんは特集ページにどこが掲載されるのかと、探りを入れてきたそうなんです。笠原がエクスペリエンス・ジャパンさんの名前を出した途端、まだ実績がない会社のツアーを掲載したら、そちらのサイトの信頼性が揺らぐから、止めた方がいいと言い始めたらしいです。笠原は大手さんだけじゃなく、様々なツアーを紹介するのが目的のサイトだから、新しい会社のものでも掲載する方針だと説明したそうです。そうしたら、広告費用を出すから、よその会社の情報は掲載しないでくれと言い出したという、そういう流れだったようです」

あいつ。そんな横槍を入れてくるなんて。嫌なヤツだと分かってはいたけど、ここまでだったとは。

英子が次の機会があったら、声を掛けて欲しいと言うと、山本はその時には必ずと答えた。

英子は電話を終えスマホをデスクに放ると、両手をぐっと握り締めた。その拳で椅子の肘掛けをドンドンと叩く。

叩き続けながら英子は大きな声を上げる。「あいつ、絶対許さない。せこい真似して。ライバル視じゃないよね。あいつは、うちをライバルだなんて思っちゃいないもの。意地悪をしたかっただけよね。なんて、けつの穴の小さいヤツなんだ。うちが掲載されると分かったら、元同僚も頑張っているようなので、大きく紹介してやってください、ぐらい言って、男を上げてみろっていうのよ。ムカつく」

拳が痛くなってきて、叩くのを止めた。立ち上がり、腰に手を当てて考える。

他の情報サイトに掲載して貰うよう働きかけるのは、もう無理だ。内田が同じことをやってくる可能性がある。公式サイトへのアクセス数が伸び悩んでいる状況で、どうやったら訪日観光客に、うちのツアーの存在を知って貰えるだろう。

英子はデスクの隅に山積みになっている書類の束に手を伸ばした。

中からノートを探し当てる。

思い付いたことや、気になったことを書いておくノートだった。

開いて、ページを捲《めく》る。

手が止まった。

個人経営の旅館のフロント付近に、うちのツアーを紹介するリーフレットを、置かせて貰うというアイデアが書いてあった。

長期滞在する個人旅行者の中には、値段が安い旅館を利用する人も多い。大きなホテルやチェーンホテルでは、フロント周りに置くリーフレットの選別は、本部が行っていることが多く、そこに入り込むのはとても難しいが、小さな旅館ならば可能性がありそうだと考えたのだ。

そのアイデアの下の行には、リーフレットの印刷代が問題と記してあった。

コストが掛かるので、このアイデアをそのままにしていたのだ。

だけど……現状を変えたいなら、やってみてもいいような。よし、ひとまずいくら掛かるか調べてみよう。

椅子に腰掛けるとネット検索を始めた。

内田、見てろ。

英子は呟いた。

九

サラとオリビアが真剣な表情で、天野《あまの》善樹《よしき》の手元を見つめる。

和菓子屋、あまのの店主、善樹は丸めた練り切りを両手で挟んで平らにした。薄くなったピンク色の練り切りの上に、丸めた餡《あん》を載せた。そして掌《てのひら》をすぼめるようにして、練り切りで餡を包み込んでいく。それをリズミカルに手の中で回しながら形を整える。そうして綺麗な球状にすると板の上に置いた。

由利子がサラとオリビアに、やってみてと英語で声を掛けた。

二人はそれぞれの前に用意された、練り切りに手を伸ばした。そして見様見真似で丸め始める。

その様子を由利子がスマホで撮影する。

会社の公式サイトへのアクセス数を増やすために、サイトの中身を作り直すことにした。浅草にいたサラとオリビアをナンパして、あまのに連れて来た。カリフォルニアから来たという二人は、恐らくどちらも二十代だろう。二人が和菓子作りを体験しているところを動画に撮り、サイトで公開するつもりだ。

このあまのは創業して百年になる老舗《しにせ》だった。長年ウエルカムトラベルの提携店として、体験ツアーの客を受け入れていたが、手数料の改定の通達を受けて取引を止めた。その後英子が打診すると、エクスペリエンス・ジャパン・サービス・カンパニーと契約をしてくれた。

厨房の隅に大きめのテーブルが置かれ、体験者のためのスペースが用意されている。

そこでサラとオリビアは、善樹から上生菓子作りを習っていた。

背後から足音がして英子は振り返る。

善樹の妻で女将《おかみ》の知子《ともこ》だった。

英子は「お世話になっております」と頭を下げた。

知子が笑顔で「こちらこそ」と言った。

英子があまのに営業に来たのは十年以上前だった。

その時店には二人の女性がいた。英子は年配の方の女性に提携店になって欲しいと訴えた。後で知ったのだが、それは知子の姑《しゅうとめ》、和代《かずよ》で当時店を仕切っている人だった。

和代は不快そうな顔で「うちはそういうのは結構ですから」と言った。

だが英子は粘った。和菓子の販売だけで充分経営は安定しているだろうが、厨房の空き時間にレッスンをすれば、その分の手数料が入るので、更に万全な経営になるのではないかと、営業トークを展開した。

しかし和代は、自分の顔の前で手を左右に振るばかりだった。

そんな時、もう一人の女性が言った。「それ、面白そうね」と。知子だった。目をキラキラさせて、もっと詳しく話を聞かせてくださいよと続けた。英子は「はい」と元気よく答えた。

すると和代が顔を顰《しか》めて「知子さんが興味をもってしまったんじゃ、それ、やる羽目になるのかもしれないわね」と言った。そして英子に向かって「息子は嫁のいいなりなもんで」と告げると店の奥に姿を消した。

天野家の人間関係が垣間見えた瞬間だった。

英子はなんだか気まずくて、どうしたものかと立ち尽くしていた。

だが当の知子は気にしていない風で「もっと詳しく話を聞かせてくださいよ」と繰り返した。

結局、力のある嫁の知子の決断で、あまのはウエルカムトラベルの提携店になってくれた。和代は五年前に他界し、今は知子が店を切り盛りしている。

英子は「実はご相談があるんです」と知子に切り出した。「これまで体験型ツアーのお客様には、初心者がトライし易いデザインの上生菓子を、一つ作って貰っていましたが、その後でもう一つ作って貰ったらどうかと考えています。お客様に好きなものを作って貰うんです。こちらのお店に並んでいる中で、気に入ったものをベースにするというのもいいですし、好きな花とか、動物とかでも。オリジナルに挑戦して貰うという企画なんです。お客様が一人で作るのは無理ですから、善樹さんのアドバイスを頂きながらになると思いますので、これまで以上に、ご負担を掛けてしまうことにはなってしまうのですが、いかがでしょう。二つ分のレッスンになりますので、手数料はこれまでの二倍にさせて頂きます」

「それで足立さんの会社は儲かるの？」

「はい。お客様から二個分の代金を貰いますので。ツアー料金を、他社と同じ金額にするのを止めることにしました。金額で競うのではなく、お客様の満足度を上げていくことで差別化を図ろうと。よそより少し高いツアーであっても、充実した時間を過ごせるという評判を得られれば、生き残っていけるのではないかと考えました。お客様が納得してくだされればこちらが依頼しなくても、ＳＮＳで発信してくれて、それによって次のお客様を呼び込めるのではないかと、期待しているんです」

「そうなのね。オリジナルなものを作るの、いいと思うわ。うん。いいわよ、それ」

「お客様が作りたいというものが、上生菓子にするには難しいケースも出てくるでしょうから、善樹さんにはこれまで以上に、ご負担をお掛けすることになってしまうのが、申し訳ないのですが」

「平気平気」と気軽な調子で知子は答える。「あの人ね、表情が乏しいから分からないかもしれないけれど、観光客に教えるの、楽しんでいるのよ。本当よ。だからね、オリジナルっていうのも楽しむと思うわ」

「そう言って頂けると助かります。これからもどうぞよろしくお願いします」頭を下げた。

「こちらこそ」そっと英子の腕に触れた。「ねぇ、頑張ってね。商売って頑張ってても、上手《うま》くいかないことも多いのよ。努力が報われないと思う時があるものなの。だからね、これから大変なこともあるだろうけれど、足立さんならきっと大丈夫。乗り越えられるから。足立さん、ちゃんとしてるもの。金額の大小とか、取引先の規模の大小と関係なく、手を抜かずに仕事をするでしょ。そういうの、分かる人には、分かるから。だから皆、足立さんとなら仕事をしたいと思うのよ。そう思って貰える人はね、大丈夫。きっと成功する。だから上手くいかないことがあっても、めげないで。ね？」

「はい」と答えた声が少し揺れてしまった。

知子の言葉が胸に沁《し》みてちょっと目が潤んでしまう。

オリビアが完成した和菓子を、そうっと黒い小皿に載せる。

菊の花を作っていたはずだったが、海岸の岩の下に生息する生き物のようになっていた。

由利子が［上手］と英語でお世辞を言うと、オリビアは最高に嬉しそうな顔をした。

一方のサラは［来日して一週間、あっちこっち行ったけど、ここが一番楽しかったし感動した］と言った。

それからサラとオリビアが、自分たちのスマホで上生菓子の撮影を始める。

楽しそうな二人を眺めていた時、英子のスマホが震えた。

画面を覗いてから一人店を出た。

ショーウインドーの前を進み、隣の整形外科クリニックとの間で足を止める。

明日訪問予定の店からのメールには、約束の時間を、一時間後ろにずらして欲しいと書いてあった。

すぐに承知したと返信してスマホから顔を上げた。

英子の前をトレンチコート姿の女性が歩いている。スマホを耳に当てて、誰かと話しながら左方向へ進んで行く。

その女性とすれ違うように自転車に乗った男性が、左からやって来た。七十代ぐらいのその人は、首に真っ赤なマフラーを巻いていた。

英子はスマホに目を戻して、体験ツアーへの申し込み状況が分かるページにアクセスした。

わっ。四人も申し込んでくれてる。あっ。その前にも申し込みが……三人と、その前に二人の申し込みが入ってる。嘘。本当に？　同じ人が間違えて何回も申し込んじゃったんじゃなくて？　違う。間違いじゃない。それぞれの入金確認が出来ている。

申込者が回答したアンケート結果を見てみる。

旅館にあったリーフレットを見て申し込んだという人が二人いた。

費用は掛かったけど、リーフレットを作成したのは成功だった。

よしっ。

思わず声を上げて拳を握った。

前を歩いていた女性が足を止めた。そして驚いた顔を英子に向ける。

英子は恥ずかしくなって、くるりと背中を向けた。それからにやにやしながら、画面をひたすら見つめ続けた。

「社長」と呼ぶ由利子の声が聞こえてきた。

由利子が英子に向かって歩きながら言う。「なにかいいことでも、あったんですか？顔がふにゃふにゃしてますよ」

スマホ画面を由利子に向けた。「三組九名の申し込みが入ってる」

「よっしゃ」と力強い声を上げた。

そしてにんまりとしてから頷いた。

英子も頷き返した。

由利子が言う。「オリビアにオリジナルでなにを作りたいか聞いたら、竈《かまど》門炭治《たんじ》郎《ろう》を作りたいと言い出して、善樹さん、固まっちゃいましたよ」

「それって、アニメの？」

「そうです。他の花とか、動物とか、自分の顔とか、そういうのを作りたいと言うんじゃないかと、読んでたんですけどね。でも言われてみれば、アニメのキャラっていうオーダーも出そうですね」

「そうね。やっぱり実際にやってみると、想像していたのとは違う展開になるわね。善樹さん、相当困ってる？」

「はい。そうしたら隣で知子さんが、あら、面白そうじゃない、トライしてみるべきよ、なんて発破掛けて。その言葉で善樹さんのやる気スイッチが入ったのか、紙にデザイン画を描いていらっしゃいます」

「ねぇ、今思い付いたんだけど和菓子作りと、茶道体験をセットにしたらどうかしら」

「セットにですか？」由利子が目を丸くして繰り返した。

「そう。ここで伝統的な和菓子作りを一つ教わるツアーと、その後にもう一つオリジナルを作るツアーの、二種類にする予定でしょ。その他にもう一つツアーを作るの。一つ上生菓子を作った後で、それを持参して村野《むらの》先生の茶道教室に行くツアー。選択肢は色々あった方がいいでしょ。それぞれの都合や好みによって、ぴったりするものを選べた方が、嬉しいいんじゃないかと思って」

「そうですね。茶道体験の時に、自分で作った和菓子を食べるのは乙かもしれませんね」

「ねぇ、着付けもドッキングさせちゃう？　和菓子を作って、着付けを習って、そこで着た和服のまま茶道を習うの」

「それ、短時間ツアーじゃなくて、丸一日のツアーになるんじゃないですか？」

「そうなるわね。いいじゃない、丸一日のツアーがあっても。昼食をお寿司店にして、そこで自分で作って貰って食べるようにするのは？」と英子は提案したものの、すぐに「さすがに詰め込み過ぎかしら」と心配な点を口にした。

「そういうやる気満々の社長、いいと思います。前は自信がないとか、独立しても失敗するんじゃないかとか、らしくないことを言ってましたけど、いざとなったら、やっぱり社長は社長でしたね」

「なにそれ」

「社長についていくってことですよ」と言うと由利子が歩き出した。

そしてあまのの自動ドアの前で足を止めると「社長も善樹さんを応援してくださいよ」と促した。

英子はスマホをジャケットのポケットに入れて動き出す。

先に店に入った由利子に続こうとして足を止めた。そして振り仰いだ。

随分と高い位置に雲が一つ浮かんでいる。

英子は大きく息を吸った。少しひんやりした空気を胸いっぱいに入れる。

手を抜かずに頑張ろう。そうすれば乗り越えられる。知子が言ったように。トラブルも困難も楽しもう。そうすればいつか、きっと。今の自分、嫌いじゃない。

小さく微笑むと身体を戻した。そして店に足を踏み入れた。

十

チャペルのドアが開かれた。

ウエディングドレス姿の美有紀が、ジョージの肘の内側に右手を添えていた。

二人は歩き出す。ヴァージンロードをゆっくり進む。

参列者たちは大きく首を後ろに向けて二人を見つめた。

英子はくすりと笑う。

最前列に座っている英子からは距離があって、二人の表情は見えないのだが、ジョージがガッチガチに緊張しているのは分かった。

歩き方が明らかにおかしくなっていた。

もしかして泣いてるのかしら？

ジョージはリハーサルの時にすでに一度大泣きしている。

ジョージは美有紀を我が子同然に愛してくれた。大らかで理知的な人なのだが美有紀がらみになると、挙動がおかしくなる。美有紀が転んで膝を擦りむいただけで、救急車を呼ぼうとしたし、中学生の頃には帰りが少し遅くなっただけで、警察に捜索願を出そうとした。

英子が「美有紀は良允《よしみつ》君と、結婚するつもりでいるんじゃないかな」と言った時には、ジョージはブツブツと独り言を呟きながら、リビングを歩き回った。

そして美有紀が良允を伴って英子たちの家にやって来て、結婚すると言った時には、良允に様々な質問を繰り出した。それはまるで採用面接のようだった。質問の中には、幸福とはどういうものだと思うかといった、哲学的なものもあった。

その日の夜、ジョージは枕に顔を埋《うず》めて何事かを叫んでいたので、良允は不合格だったのかもしれない。

ジョージはその後しばらく不機嫌にしていたが、時間が経つうちに渋々ながらも、受け入れることにしたようだった。

美有紀とジョージが近付いてくる。

英子の後列から義母のクロエが［綺麗ね］と、夫のハリーに言う声が聞こえてきた。

ブラウン家の親族たちは、美有紀の結婚式に参列するため、イギリスから来日している。総勢十一名のご一行は、四日も前に来日して日本を楽しんでいる。

英子はすっかりツアコンと化していて、昨日は皆をゲームセンターに連れて行った。皆大はしゃぎし、その後に訪れた回転寿司店でも大喜びしていた。

膝関節の手術を受けたクロエは、美有紀の結婚式に出席するのを目標に、リハビリを頑張った。その甲斐あって来日を果たせるまでに快復した。杖は必要だが日本観光に支障はない。

あぁ、やっぱり。泣いちゃってる。

ジョージの頬は涙で濡れていた。

ジョージが自分の腕に添えられていた、美有紀の手を握った。そして自分の腕を引き抜いた。美有紀の手が乗った自分の手を、良允に向けて差し出す。

良允は美有紀の手を握り自分の腕に絡ませた。

父親が花嫁を新郎に引き渡す儀式が終わった。

ジョージはこの世の終わりだといったような顔で、英子の隣席に座った。

英子はジョージにハンカチを渡し、その太腿をポンポンと軽く叩く。

チャペルは天井近くに明かり取りの窓があり、そこから陽が差し込んでいる。外は二月ならではの凍《い》てつく寒さだが、チャペルの中は柔らかい陽で溢れているし、暖房も効いていて温室のようだった。

牧師が讃美歌を歌うよう参列者たちに促した。

するとすぐに天井のスピーカーから、オルガンの音が流れてきた。

参列者たちは、座席に配られていた楽譜を見ながら歌い始める。暗譜している美有紀も歌う。

その隣の良允も大きな口を開けて歌っていた。

不動産会社で働く良允とは、友人の紹介で知り合ったと聞いている。中学から大学までラグビーをしていたそうで、身体はがっしりしている。

美有紀が良允との結婚を決めたのは、彼が味覚音痴だからだという。たくさん食べるが、繊細な舌をもっている訳ではないので、なんでも旨いと思う人らしい。

美有紀は言った。「市販のハンバーグに目玉焼きを載せただけで、大喜びするの。こういう人なら手抜き料理でも気付かないだろうから、楽だなって思って。一緒に暮らすなら、パパみたいに料理が上手で週に三日作る人か、出したものをなんでも食べる人か、どっちかでしょ」と。

美有紀はとても現実的だ。

英子は尋ねた。二人の考え方に共通点は多いかと。

美有紀は共通点は多い方かもしれないが、全く違う点もあると答えた。

良允は努力すれば夢は叶うと思っている人なのだという。だが美有紀は「頑張ってもどうにもならないことはあるって、私は知ってる。看護師だから」と言った。

讃美歌を歌い終わると、牧師が広げてあった聖書に目を落とした。そして聖書の一節を読み始めた。

美有紀の華奢《きやしゃ》な背中を見つめる。

幸せになってね。大丈夫よ。考え方が違っていても。夫のすべてを理解出来なくたっていいの。そういうもんだから。もし、もしだけど、上手くいかなくなっても、それで人生が終わる訳じゃないんだからね。

あなたの実の父親の博一《ひろかず》と私が、結婚式を挙げた時だって、今の美有紀のように幸せが続くと思っていたのよ。でもそうはならなかった。離婚するかを悩んでいた頃は自分の人生を呪ったわ。どうして私がこんな目に遭うのかって。離婚した直後はもう私の人生は終わったって思った。でもね、そうじゃなかった。素晴らしい人と出会って家族を作れた。人生って悪いことばっかりじゃない。

仕事もそうだった。会社が私じゃなくて、内田を選んだことがショックだった。自分がやってきたことを否定されたようで、虚しくなった。やりたくなくても上に媚びて、可愛げのある会社員になれば良かったのかもと、生き方を反省しそうになった。でも家族に応援して貰って独立したら、会社の売上は順調に伸びている。先月からは小さなオフィスを借りて、拠点を手に入れたでしょ。由利子に給料を払えるようになってほっとしたし、もう一人スタッフを増やす予定もあるのよ。規模は小さいけど好きな仕事を、好きなやり方で出来るようになっている。無理して誰かに媚びたりすることもなしにね。人生には困難が降りかかってくる。きっと。でもそれで終わりじゃない。その先に幸せになるチャンスは待っている。だから良允君と仮に上手くいかなくても、哀しまないでね。娘の結婚式にこんなことを思っている母親は、ちょっと変かもしれないけど、どうしてもあなたに伝えておきたいの。だから後でこっそりあなたに耳打ちするわね。

英子はジョージに顔を向けた。

鼻の頭を真っ赤にして泣いている。

英子は微笑んでジョージの手を強く握った。

十一

由利子が「取って置きの情報をゲットしました」と言う。

英子は「なに？」と尋ねた。

「聞きたいですか？」

「私が聞きたいというより、由利子さんが喋りたいんでしょ」

「まぁ、そうでもありますけどね」

英子と由利子はタクシーの後部座席に座っている。

旅行代理店が加入している業界団体が、年に一度開くパーティーに向かうためだった。

英子は聞く。「で、なんなの？　取って置きの情報って？」

「ウエルカムトラベルが、体験型ツアーの販売を止めたそうです」

「えっ？」

「内田が差配するようになってから、利用者からの評価が一気に下がったんです。提携店を総取り換えしましたからね。外国人客の対応に不慣れな店のせいだと思います。利用者がどんどん減っていってました。それが遂に、申し込みがゼロの日が続くようになったそうです。それで体験型ツアーは、一旦販売を止めることにしたって話です。梃入《てこい》れしてリスタートするか、体験型ツアーから完全に撤退するか、どうしていくのかはまだ決まっていないそうです」

「他のツアーはどうなの？」英子は尋ねる。

「今のところ他のツアーでは、利用客が激減したりはしていないそうです」

「そんなことがあったとはね。全然知らなかった」

「いい気味ですよねぇ」と楽しそうに言う。

いい気味って……まぁ、少しはざまぁみろという気持ちはあるけど、由利子のように楽しい気分にはなれない。いつ何時、私だって同じ目に遭うかもしれないんだもの。今は順調に利用客が増えていて売上は伸びているが、なにかで躓《つまず》く可能性はある。対応を少し間違えただけで信用を一気に失うご時世だ。

十五分ほどでホテルに到着した。

エレベーターで地下一階に降りる。

受付を済ませて立食パーティーの会場に足を踏み入れた。

二百平米程度の会場には、すでに三百人以上の来場者がいて混雑していた。最奥のステージには、金屏風とスタンドマイクが置かれている。

由利子がトイレのために会場を一旦出て行くとすぐに、理事長のスピーチが始まった。

英子はジリジリと後方へ移動を始める。

毎年このパーティーに参加しているが、提供される料理はどれも酷かった。だがスイーツだけは奇跡的に美味しい。皆分かっているからまず先にスイーツがなくなった。理事長のスピーチが終わり、食事が解禁になったらすぐにスイーツを取るためには、立ち位置が肝要だった。

いい位置を探りながら人と人の間をすり抜けて、スイーツが置いてあるテーブルに近付いていく。

すると不自然に人が密集しているエリアがあった。

スイーツを狙っている人たちだ。

英子はなんとか隙間を見つけて、そこに身体を滑り込ませた。そして理事長の話が終わるのを待った。

十分ほど経って理事長がようやく言った。「それではしばらくの間、お食事を摂りながらご歓談ください」と。

その瞬間、英子は身体を左に捻り皿に手を伸ばした。

狙っていたスイーツ四種を急いで皿に載せると、その場を離れた。

でかした、私。

シュークリームを指で持ち上げて齧《かじ》り付いた。口の端に付いたカスタードクリームを舌で拭った。

やっぱり美味しい。

残りのシュークリームを口に入れてゆっくり味わう。

マカロンに手を伸ばした時だった。

「足立さん」と声がした。

顔を右に向けると内田がいた。

やっぱり出くわしたか。この場で顔を合わせる可能性は高いと考えていたが、その通りになった。

英子は「こんにちは」と挨拶してからマカロンを口に入れた。

内田はグレーのスーツに、オレンジ色のネクタイを締めていた。

内田が笑みを顔に貼り付けて言った。「どうですか、調子は？」

なんの調子を尋ねられたのだろう。内田が私の健康状態を気にはしないだろうから、会社の調子か。

「マイペースでやってます」と英子は答えた。

「色々と大変なんじゃないですか？　起業したばかりの零細企業なんですからね。分かりますよ。苦労もあるでしょう。足立さんのところと業務提携するよう、俺が社長に取り計らってもいいんですよ」

英子は驚いて内田を見つめた。

こいつ、なに言ってんの？　あぁ、そっか。体験型ツアーの販売が不調となって困っているのか。体験型ツアーをこのまま止めてしまえば、ウエルカムトラベルの売上は三割ダウンになる。そのダウン分を他のツアーでカバーするのは、容易ではないと今頃気付いて切羽詰まっているのね。

英子はスプーンを摑み、チョコレートムースをひと口分掬《すく》った。

口に入れて味わう。

それから言った。「細々とマイペースでやるのが性に合ってますので。えっと、なんでしたっけ。そうそう、小さい商売でしたね。小さい商売で充分なんで」

英子が心にもない言葉で断ると、内田は目を真ん丸にした。

断られるとは夢にも思っていなかったようだ。

内田が「こんなチャンスを棒に振る気なんですか？　どうかしてますよ」と言い立てた。

そして自分の腰に手を当てると、思案するような表情を浮かべた。

少しして内田が言った。「業務提携だと荷が重いなら業務委託にしますよ。それでどうです？」

英子はもう一度、チョコレートムースをスプーンで掬って口に運んだ。

ゆっくり味わってからスプーンを口から外した。「なんでしたっけ。そうそう、パート感覚でしたっけね。パート感覚で働いてますんで」

眉間に皺を寄せる。「こっちの提案を検討しようともしないのは、ウエルカムトラベルにわだかまりがあるからですか？　そういう頑なさってどうなんですかね。そちらの会社の利益になる話なんですから感情は排して、有り難く仕事を貰ったらいいじゃないですか」

限界超えた。

英子は言う。「そっちこそ感情を排して、私に頭を下げたらどうなんですか？　体験型ツアーを中止したせいで、会社の売上が三割減って、困っているのはそっちでしょ。うちは順調に売上を伸ばしているので、そっちから仕事を貰わなくても、まったく困らないんですよ。困っているそっちが、どうぞ助けてくださいと頭を下げて頼むべきところでしょ。どう考えたって」

「…………」口惜しそうに唇を嚙んだ。

「ま、頭を下げられても断るけど」と続けてから残りのチョコレートムースを、スプーンで掬って口に入れた。

可愛げのない言い方ならお手の物だ。いいぞ、私。

内田の両の拳に血管が浮き出ているのを確認してから「失礼」と言って、コーヒーが用意されているテーブルに向かって歩き出す。

ざまぁみろ、内田。ざまぁみろ、社長。

痛いほどの視線を背中に感じながら進み、コーヒーサーバーの前で足を止める。

まだケーキの載っている皿をテーブルに一旦置き、カップにコーヒーを注ぐ。
コーヒーをひと口飲みニヤリとした。

第三章

四十六歳で教え子の選手に逃げられる

一

「なにやってんのよ」と大野邦子《おおのくにこ》は叱り付けた。

君島鉄平《きみじまてっぺい》はしゅんとする。

鉄平の頭髪から滴り落ちた水がぽたぽたと肩に落ちた。そしてその雫《しずく》は裸の胸板を下っていく。

鉄平は大学二年生の競泳選手だ。

コーチである邦子は鉄平を指導してきた。日本代表選手になれるだけの資質があると見て、特別なレッスンを続けてきた。

だが今日、鉄平は小さな競技会で、一番得意な四百メートル自由形のレースで三位に終わった。タイムも自己記録に遠く及ばなかった。

邦子は強い口調で言う。「なにもかも全然ダメ。どうしてあんなにフォームがガタガタになっちゃうのよ。真面目に練習してこなかったからよね。いい加減な気持ちで練習していたら、一番にはなれないの。分かってるの?」

「いい加減じゃないよ。ちゃんと練習したけど、緊張で身体が上手く動かなかったんだ」

「緊張しても身体が勝手に動くようになるまで練習するの。それが出来なかったのは、練習が足りなかったってこと」

鉄平が不満そうに頬を膨らませた。そして壁に拳を打ち付ける真似をした。

邦子たちは五十平米ほどの広さがある、ホールの端に立っていた。

その隣には青い扉があり、その向こうには、男子選手たちが使用する更衣室やシャワー室がある。

二位だった選手と男性コーチが、肩を組みながら歩いて来る。

男性コーチが冗談でも言ったのか、選手が「ウケる」と言い笑い声を上げた。

そして彼らは青い扉の中に姿を消した。

邦子は鉄平にタオルを渡した。

受け取った鉄平は首に掛け、その端で髪を拭き始める。

邦子が勤める田口《たぐち》スイミングスクールに、鉄平が初めてやって来たのは、彼が小学一年生の時だった。邦子が三十三歳の年だ。

鉄平は他の子と同様に、両腕に浮き輪を付けてプールサイドに摑まり、足をバタバタさせるだけの練習からスタートした。だがそんな時からすでに鉄平は他の子とは違っていた。足首がとても柔らかかった。同時に股関節の可動域が大きかった。

ビート板を使って、顔を水に付けてバタ足をする練習に入ると、鉄平の天分を邦子は確信するようになった。鉄平は水に浮かぶ際に、身体を真っ直ぐにすることが出来たのだ。水面に対して平行に身体を保てれば、競泳では有利になる。水の抵抗を少なくすることが出来るからだ。

この才能のお蔭で、鉄平はレースに出場する度に優勝した。ぶっちぎりだった。小学生までは。

中学生になると鉄平より才能は劣っていても、工夫と努力で肉薄してくる選手が増えてきた。そして中学一年生の夏に鉄平は初めて二位になった。鉄平はおいおいと泣いた。

そんな鉄平に邦子は言った。その口惜しさを覚えておきなさいと。

そして「どうしたいか」と尋ねた。

鉄平は「オリンピックで金メダルを取りたい」と答えた。

「それなら厳しく指導するよ。それでいい？」と邦子が確認すると、ポロポロと涙を零しながらこくりと頷いた。

その日を境にそれまで以上に厳しく指導をした。これによって鉄平は、また大会でコンスタントに優勝出来るようになった。

だが大学生になると再び記録が伸び悩むようになった。邦子が叱るので一応練習はするが、競泳への情熱が冷めてきているように感じられた。最近は優勝出来なくても平気な顔で、口惜し泣きもしない。イケメンスイマーなどと言われ、メディアからの取材を受けることも多く、そんな風に注目を集めるのが楽しくてしょうがないようだった。そしてレースでの記録よりSNSのフォロワー数を、気にしているように見えることもあった。

タオルで髪を拭き続ける鉄平に質問した。「やる気はあるの?」

「あるよ」と不貞腐《ふてくさ》れた顔で答える。

邦子が次の言葉を言おうと口を開けた時、鉄平の視線が右に逸《そ》れた。

その視線の先を追うと女子選手がいた。

ホールの壁に並ぶ自動販売機に向かって歩いている。

邦子は声を荒らげる。「しっかりしなさい。本気でオリンピックに行きたいなら、他のことはすべて諦めなさい。たくさんのことを犠牲にして努力した人だけが、オリンピックに行けるんだからね」

「分かってるよ。なんか、鬼みたいな顔になってるよ」と言うと青い扉の中に入って行った。

鬼って……鬼にもなるわよ。せっかくの才能を無駄にしている選手を目の前にすれば。すっかり生意気になって。昔は私からのアドバイスを真摯に聞く子だったのに。今じゃ言い訳ばっかり。私が注意してるのに煩そうな顔をするし。このままじゃ、鉄平はオリンピックには行けない。もっと厳しくしないと。

邦子は一つ頷くと廊下を歩き出した。

二

邦子はマグカップに手を伸ばした。コーヒーをひと口飲む。それから袖机の引き出しを開けた。

田口スイミングスクールの三階にある事務所のデスクに、邦子はチョコレートを常備している。

どれにしようか。

少し迷ってから、チロルチョコのコーヒーヌガー味を選んだ。包み紙を開けてそれを口に入れる。

舌の上でチロルチョコが溶けていくのを楽しむ。

田口スイミングスクールの事務所にあるデスクは十個。コーチは二十人以上いるが、デスクを貰えるのは十名だけだった。

保護者に生徒のレッスン状況を、報告する任に就いている者だけが、デスクとパソコンを貸与されている。

土曜日の午後二時過ぎの今、事務所にいるのは邦子だけだった。出勤している者は皆、一階のプールでレッスンをしている。

スマホにメッセージが届いた音がした。

手元にスマホを引き寄せて画面を覗く。

鉄平からのメッセージだった。

〈色々考えて環境を変えることにした。別のコーチに指導して貰うことにしたから、もうそこのプールには行かない〉と書いてあった。

は？　なにこれ？

邦子はもう一度読んでみた。

読み間違いではなかった。勘違いでもない。鉄平は邦子にクビを宣告していた。

邦子は呆然とする。

別のコーチに指導して貰うって、そんなこと……。ちょっと待ってよ。そんな大事なことをＬＩＮＥで言ってくるって、非常識過ぎない？　だって……だってこんなスマホに入力した文字で、関係を終わりに出来るような、そんな軽いものだった？　私たちって。子どもの頃からずっと指導してきたのよ。長いことずっと二人三脚でやって来たじゃない。それなのに最後に顔を合わせてもくれないの？

スマホをデスクに置き両手で顔を覆った。

しばらくしてゆっくり両手を下ろした。

頭と心がぼんやりしている。

はっとして立ち上がった。

社長に報告しなくては。

中戸川章《なかとがわあきら》社長も邦子と同じように、鉄平の活躍を望んでいた。生徒数の推移とトイレットペーパーの消費量の推移が合わないのを、気に病むようなお金に細かい社長なのだが、時折鉄平の遠征費の援助をしてくれることがあった。勿論鉄平が有名になれば、彼が通うこのスイミングスクールに、生徒がたくさん来るとの下心があってのことだろうが。

社長に言わなくてはならない。

そう思っているのに邦子の足は動かない。窓ガラス越しに一階のプールを見下ろした。

二十五メートルの長さで六レーンあるプールでは、四つのレッスンが同時に行われている。プールの四隅に陣取ったコーチとサブコーチが、生徒たちに泳ぎを教えている。

二階は観覧席になっていて三十人ほどの生徒の保護者が、窓ガラス越しにレッスンを見学していた。

邦子は一階と二階の様子をぼうっと眺め続けた。

ふと我に返って壁の時計に顔を向ける。

午後二時半になっていた。

邦子はのろのろとした足取りで事務所を出た。

廊下の先にある社長室に向かい始めたものの、すぐにガラスケースの前で足が止まった。

壁の前にはガラスケースが並んでいる。その幅は全長五メートルほどあり、生徒たちの写真やメダル、トロフィー、賞状などが飾られている。受賞した記念の品を、コーチやスクールにプレゼントしてくれることがあり、そうしたものをここに並べていた。

二階の観覧席の廊下にも、同様のガラスケースが設置されていて、そこに飾られているものよりも年代の古いものが、三階のケースに置かれている。

邦子の前には、鉄平が小学生の時に取った金メダルがあった。その隣の写真には笑顔の鉄平と、同じように笑っている邦子が並んで写っていた。その邦子は首に金メダルを下げている。鉄平が授賞式の後で「先生にあげる」と首に掛けてくれた直後に撮った写真だった。

こんな時もあったのに。

ため息を吐いてから再び歩き出す。

ガラスケースの中の品はどんどん古いものになっていく。

邦子は自分の写真の前で足を止めた。

その中の邦子は花束を手に笑みを浮かべていた。

邦子がオリンピック行きを決めた時、このスクールの先代の社長が開いてくれた、壮行会での一枚だった。

その写真の横には、すっかり黄ばんだ新聞紙の切り抜きが厚紙に貼ってある。大野邦子選手がオリンピックの二百メートル自由形で、四位に入賞したと書かれた記事だった。

それが十センチ四方のサイズなのは、メダルを取れなかったからだ。メダルを取っていたら、この何十倍もの大きさだったろう。三位の選手との差は〇秒〇八だった。その差を詰められず邦子は四位になった。

メダルを取った選手と、取れなかった選手では、記事の大きさだけでなくその後の人生も全く違う。メダルを取った選手の中にはテレビタレントとして活躍し、セカンドキャリアを充実させている者もいる。だがメダルを取れなかった邦子は、小さなスイミングスクールのコーチになるしかなかった。

邦子とメダルを取った選手の差はなんだったのか。当時、誰よりも練習しているという自負があった。でも四位に終わったのだから、三位の選手より練習量が少なかったのかもしれない。もう一時間、いや三十分練習を増やしていれば勝てたのではないか。何故もっと練習しなかったのだろうと、何度悔やんだことか。

私は夢破れたが、鉄平にはオリンピックでメダルを取れる可能性がある。私のようにさせてはいけない。悔やみ続けるような人生にすることだけは避けなければ。そう思って厳しく指導してきたけど……鉄平は私の下を去った。他のコーチを選んだ。鉄平を指導してきた十三年間はなんだったんだろう。

一気に虚しさに襲われる。

身体が震えている気がして右手で左腕を、左手で右腕をしっかり摑んだ。

三

鉄平がプールの壁でクイックターンをした。潜水で進む。

その頭が水面に出た時には、他の選手より一メートルほど前にいた。

腕を回して水を搔く。

選手たちがラストスパートをかけた。鉄平のリードが徐々に小さくなっていく。

観客たちがそれまで以上の声援を送る。

ほぼ同時に四人の選手が壁にタッチした。

邦子は電光掲示板に視線を向けた。

一位は鉄平だった。

順位を確認した鉄平が水中で雄叫《おたけ》びを上げる。

鉄平は新コーチの下で結果を残している。先月の競技会でも優勝した。好成績のお蔭なのか、大手飲料メーカーと、スポンサー契約するという噂を耳にした。

結構なことで。あんな泳ぎ方をしていたら身体への負荷が大き過ぎて、すぐにどこかを痛めてしまうだろうに。

邦子は苦々しい思いを抱えて席を立った。

早足で客席を抜けて外に出た。駅に向かい電車に乗った。

私鉄に乗り換えて、T駅に到着したのは午後六時だった。

雨が降っていたので、バッグから折り畳み傘を取り出した。

もうすぐ八月になるが今年の梅雨は長引いている。

傘を差して歩き出した。

大通りを南下する。

インド料理店の前にトラックが駐車していた。運転席には誰もいない。

父親の浩二《こうじ》は長距離のトラック運転手をしていた。そのせいでトラックを見掛けると、仲間意識のような感覚で、運転手に心の中で、お疲れ様ですと声を掛ける習慣が邦子にはあった。

両親が離婚したのは邦子が十歳の時だった。邦子は父親と、弟の誠一《せいいち》は母親の初子《はつこ》と暮らすことになった。

一人で父親の帰りを待つのは寂しかったはずなのだが、そうした記憶はほとんどない。父親が買ってきた土産の包みを開ける瞬間の、ワクワクした気持ちの方が強く脳に刻まれている。

父親が家にいる日は二人で近所の定食屋に出掛けた。父親は「どんどん食え」と言いとんでもない量を注文した。そして店員や他の客たちに「うちの娘はよく食うんだよ、水泳やってっから」と自慢するように言った。邦子はお腹が空いていなくても、父親のためにたくさん食べるようにしていた。たくさん食べれば父親が喜ぶと思って。

その父親は二年前に他界した。

約五分後に一人で暮らす自宅マンションに着いた。

センサーに鍵を翳《かざ》して建物の中に入る。

郵便受けには大量のチラシが入っていた。

それらをすべてゴミ箱に捨てると、エレベーターを呼んだ。

このマンションで賃貸暮らしを始めて十年になる。駅から近いので便利だろうと入居を決めた。それ以外で気に入っている点は特にないのだが、引っ越しも面倒なのでずるずると住み続けている。

六階でエレベーターを降り、六〇二号室のドアを開けた。

四十平米の1LDKは雑然としている。整理しようと思いながらなかなか出来ず、物があっちこっちに散らばっていた。

冷蔵庫から発泡酒を取り出して、立ったまま缶に口を付ける。発泡酒を喉に流し込み、それからふうっと大きく息を吐き出した。缶をダイニングテーブルに一日置き冷凍庫の中を漁《あさ》る。冷凍チャーハンとシュウマイを選んだ。

それぞれを皿に載せてレンジで温めた。完成した夕飯をリビングのローテーブルに運ぶ。

そして真っ赤な座布団の上に座った。

この座布団は、誕生日に生徒たちから贈られたものだった。棚のぬいぐるみも、ティッシュケースも、生徒たちから貰った。テレビの横の置時計もだ。部屋には生徒から貰った物が溢れていた。

邦子は生徒たちを甘やかさずに指導する。それは鉄平への指導と比べれば雲泥の差ではあるが、他のコーチよりは厳しいはずだ。だが生徒たちは慕ってくれて、毎年誕生日やクリスマスにはプレゼントをくれる。

キャビネットの上にあるテレビを点けた。

真面目な顔をした男性アナウンサーが、ニュース原稿を読み上げている。画面が切り替わり葬儀会場が映し出された。少し離れた場所から撮影していて、扉の隙間から遺影が覗いていた。それは誰かの結婚式で着たのか、黒留袖姿の五十代ぐらいの女性だった。

そういえば邦子の母親の遺影も黒留袖姿だった。

母親が亡くなったことは誠一が知らせてくれた。葬儀会場に行き、棺の中の母親を眺めた時に浮かんだのは、哀しみではなかった。こんな風に老けたのかと、その外見に目を瞠った。

家族で暮らしていたマンションを、父親と二人で出た時、邦子は十歳だった。その日から母親とは一度も会っていなかったので、それが三十五年ぶりの対面だった。邦子の記憶の中にいる母親は、若い頃のままで止まっていた。だから他の人と同じように老けていたことに、ちょっとした感慨を覚えたのだ。

母親からは電話も手紙もこなかった。連絡先を知らなかったとは思えない。現に誠一は連絡をしてきたのだから。

邦子の方も母親に連絡を一度もしなかった。父親から「電話機の下の棚に入っている電話帳に、お母さんの新しい住所と電話番号が書いてあるからな。俺がいない時にマズいことが起きたら、お母さんに助けを求めるんだぞ」と言われたことがあった。確かめはしなかったが父親がそう言うなら、そこに記されていたのだろう。だがマズいことは起きなかった。

母親を嫌いではなかった。恨んでも、憎んでもいなかったが、かといってどうしても会いたいという訳でもなかった。だから連絡しようとは思わなかった。

母も私と同じだったのだろうか。分からない。

邦子と母親の関係は自然消滅だった。

私は関係の自然消滅に慣れているはずなのに、鉄平との別れがこれほどまでに応えているのはなぜだろう。

邦子はチャーハンをひと掬いする。口に運び咀嚼した。それから発泡酒を飲んだ。

四

邦子はプールサイドを歩く。ビート板を収納してある、スチールラックの前で足を止めた。ラックから落ちているビート板三枚を拾う。そしてそれらをラックの中に収めた。

プールでは三つのクラスのレッスンが行われていて、三十名ほどの生徒たちと六名のコーチがいる。

そのうちの一つは、小学生対象の初心者向けの集中レッスンだった。八月にはこうしたクラスを増やして生徒の募集をする。いつも予定人数を超える申し込みがあり、キャンセル待ちになるほどなのだが、九月になると泳ごうという気持ちにならなくなるのか、スクールを退会してしまう生徒が続出した。

「お疲れ様です」と声が掛かり邦子は振り返った。

牧野《まきの》勇二《ゆうじ》だった。

二メートル超の身長の牧野を見上げながら邦子は「お疲れ様です」と返した。

牧野はV2リーグで戦うバレーボールチームの監督だ。邦子より十歳年下で大学の同窓でもあった。

先月、大学時代の恩師から邦子は連絡を貰った。選手たちの練習に水泳を取り入れたいと考えている、バレーボールチームの監督がいて、プールが使用出来来、アドバイスをしてくれるところを探しているので、協力して貰えないかと言われた。社長に確認すると有料ならば喜んでと言ったので、受け入れることになった。

今月からこのプールでは週に二日か三日、背の高い男性をたくさん見掛けるようになっている。

牧野が言った。「有り難うございました。練習メニューの変更の提案を頂きまして」

「変更というか、調整ですね。怪我をした後の選手は特に、練習メニューの調整を頻繁にした方がいいと思いましたので」

「有り難うございます。アドバイス通りに練習させてます」

「そうですか？　メニューよりたくさん練習してる選手、いるでしょ」

「えっ？　あぁ、小林《こばやし》ですね」と言ってプールへ目を向けた。

小林が一レーンをゆっくり歩いている。

牧野が説明する。「小林はキャプテンで頑張り屋なんです。メニュー以上のことはするな、まだやれると思ってもやるなと言ってるんですが、こっそりやっちゃうんですよねぇ。練習しろと言ってもやらない選手もいるし、小林のようにするなと言ってもやっちゃう選手もいて……選手を指導するの、難しいですよね」

「…………」

「監督になって五年目なんですが、毎日指導の難しさに直面しています。選手の性格や、レベルや、コンディションによって、指導方法は変えなくてはいけないじゃないですか。接し方も声の掛け方もですが、自分は選手をちゃんと育てていけているのか、才能を伸ばせているのか、考えれば考えるほど不安になります」

「…………」

「大野コーチは指導歴が長いですよね。生徒さんたちとの接し方の極意みたいなものを、もっていらっしゃるんですか？」

「私は……」

邦子は言葉に詰まる。

生徒によって区別なんてしてこなかった。強いて言えばオリンピックを目標にしている生徒と、それ以外の生徒の二種類だけ。どれだけ無理をさせるかが違うだけで、接し方なんかは一緒だった。

邦子は答えた。「私は一緒です。どの生徒に対しても同じように接しています」

目を丸くした。「そうなんですか？」

「……はい」

「そうですか。そういう指導方法もあるんですね。それはある意味凄いことです。指導者として自信があるから出来るんでしょうね。いやぁ、勉強になります」と言った。

それって……牧野は真面目な顔をしているので、嫌味を言っているのではなさそうだけど……。指導方法についてなんて、これまで考えたことがなかった。どうしてだろう。自信も確信もなかったけど……自分のやり易い方法で教えることしか、出来ないと思っていたから、かな。それは間違っていた？

牧野が言い出す。「大野コーチの泳ぎの指導も、分かり易くて勉強になりました。あの人形を使って、身体の動かし方を教えてくださったじゃないですか」

牧野が指差したプールサイドには、一体の人形が寝そべっていた。

マット形の浮き輪の上にいるそれは、邦子の手作りだった。全長六十センチほどの大きさで、各関節が動くようになっている。泳ぐ時の身体の動かし方を説明する時に使っていた。男女兼用タイプの水着を着せているので、人形に性別はない。

生徒たちは人形にスイスイという名を付けて、何故か可愛がっていた。誰が持ってくるのか、冬場には布団を掛けられていたりする。そして今日はサングラスを掛けさせられていた。

牧野が説明する。「バレーボールでは映像を使っての指導が多いんですが、これからは人形を使った指導も導入するつもりです。身体の使い方を理解するというのは大事ですからね。つまりですね、パクります」

そう宣言した牧野は笑みを浮かべた。

そして邦子に会釈をすると、小走りでバレーボール選手たちが休憩している方へ戻って行った。

邦子は水中の中道《なかみち》に目を向ける。

田口スイミングスクールで、生徒たちから一番人気がある大学生コーチだった。

イケメンの中道は背泳ぎを練習している男子生徒の背中を、水中から押し上げている。

そこから少し離れた場所では、井上《いのうえ》が大きな声を上げていた。

生徒たちに水面を掌で叩かせているので、水に手を入れる時の角度を教えようとしているのだろう。

田口スイミングスクールでは、クラス毎にカリキュラムが決められてはいるが、どう教えるかはコーチに任されていた。

表情が豊かな井上が、可笑しな顔をして大袈裟に水面を手で叩いて見せる。

その表情のせいなのか、それとも叩くのが面白いからなのか、生徒たちはキャッキャッと笑い声を上げた。

邦子も習い始めの頃は、あんな風にレッスン中に笑ったような記憶がある。だが小学六年生で、オリンピックへの出場を目標にした時から、プールの中で笑うことはなくなった。

邦子が指導を受けていたコーチの前田《まえだ》久雄《ひさお》は厳しい人だった。野太い声で「とにかく泳げ」とプールサイドから言い続ける人だった。気絶しても泳げるくらい、フォームを身体に滲《し》み込ませろとも言った。練習は過酷だったが、オリンピックを目指しているのだから、仕方がないと思っていた。

邦子がオリンピックで四位になった直後は、心は凍ったようになっていて、口惜しさも後悔もまだ感じていなかった。だから泣きもしなかった。会場の裏の廊下でただ立ち尽くしていた。そんな邦子に前田は言った。「お前の努力の結果なんだから受け入れろ」と。前田から掛けられた言葉はそれだけだった。そういうコーチだった。

コーチにも色々な人がいる。私はどんなコーチだと思われているのだろう。

ぼんやりと指導しているコーチたちを眺める。

その時、大歓声が聞こえてきた。

バレーボール選手たちが、リレーの対抗戦を始めたようだ。

一レーンと二レーンを泳ぐ二人を、プールサイドから応援する声が館内に響く。

オリンピックの時、父親は現地に応援に来てくれた。試合後、協会が用意してくれた選手たちの家族用の部屋で、邦子は父親と対面した。

邦子は父親の顔を見るや否や「ごめん」と謝った。

すると父親は言った。「なんで謝るんだ。邦子は世界で四番目に速いってことだ。それは凄いことじゃないか。俺の自慢の娘だ。よく頑張った」と。

その時の父親は目を真っ赤にしていた。

父親を喜ばせられなかったことが申し訳なくて、邦子はポロポロと涙を零したのだった。

プールサイドで、先程よりも一段と大きな歓声が上がった。

リレーの決着がついたようだ。

牧野が楽しそうに「負けたチーム全員に物真似を披露して貰うからな」と声を上げた。

バレーボール選手たちの笑い声と拍手を、邦子はじっと見つめ続けた。

五

嫌がらせだろうか。

邦子は眉間の皺を深くする。

こんなに理解しにくい文章を書いた人は、絶対性格が悪い。これを来週までに読んでおけと言った岡島重昭《おかじましげあき》教授も、同じように性格が悪いのかも。

邦子は本に目を落としたままお握りを齧る。

邦子は九月に大学院に入学し、スポーツコーチングの勉強を始めた。これまで通り田口スイミングスクールで働きながらなので、毎日かなり忙しい。だから昼食はいつもこんな風に、学食で簡単に済ませられるお握りやサンドイッチになった。片手で食べられるものならば、食事中でも勉強が出来る。

「熱心ですね」と声がして邦子は顔を上げた。

トレーを両手に持った岡島だった。

いつものように好奇心いっぱいといった、表情を浮かべている。それはワクワクしているようにも見えた。

岡島が「宜しいですか?」と邦子の向かいの席を指した。

そうして許可を取った岡島が腰を下ろす。

岡島は邦子の担当教授だった。

邦子と同世代の岡島の髪は、ウエーブの掛かったグレーだった。

子どもの頃に柔道をしていたそうだが、選手としては芽が出ず、大学生の時にはすでにスポーツをサポートする側に回ろうと、考えていたという話だ。

岡島が邦子の手元を覗いて言った。「それはいい本ですから、これからの大野さんのコーチとしての活動を支える、バイブルになると思いますよ」

なるべく不満が顔に出ないように、気を付けながら口にする。「内容はそうなのかもしれませんが文章が難しくて、読むのに苦労しています」

「そうでしたか。原文はそれほどでもないんですよ。英語版の方が読み易いかもしれませんね。そっちにトライされますか？」

自分の顔の前で手を左右に激しく振った。「とんでもありません。英語は少し話せるだけで読むのは全然です。これで頑張ります」本を指差した。

「そうですか？」と言った岡島は味噌汁の椀を持ち上げた。それに口を付けて飲み椀を戻した。それから大きく腕を伸ばして、回転式の調味料ラックのソースを取る。それをトンカツにたっぷり掛けた。

岡島が質問する。「授業はどうですか？　楽しんで学んでいますか？」

「楽しむという状況ではないです。必死で授業に付いて行こうとしているという感じです。すっかり頭が錆びついていまして」

「お仕事をされながらですから、そういう点でも大変ですよね。大野さんが大変だというのは重々承知してはいるんですが、折り入ってお願いがあるんです。もしかしたらここで会えるのではないかと考えて、実は食堂を一周したんですよ。二周目で大野さんを見つけました」

「なんでしょうか」

「妻の友人の息子さんが、うちの大学の学生なんです。二年生です。その彼が水泳をやってるんですよ。大会に出場しているそうですが、成績は今一つだと聞いています。彼に指導をして頂けないでしょうか？」

邦子は質問する。「田口スイミングスクールで、レッスンを受けたいということですか？」

「練習場所はそちらでも、大学でもどちらでもいいと言ってました。場所はどこでも構わないが、レッスンは大野さんにお願いしたい。これが彼のたっての希望です」

「それはなんででしょう」

「大野さんの泳ぎを見たことがあるそうです。オリンピックの時のを」

そんな昔のことで？　四位だったのに。指導者としてだってなんにも実績を挙げていない。

岡島が言う。「まずは彼の泳ぎを一度見てやって貰えませんか？　昼食が終わったら大学のプールに案内しますよ。この時間練習しているそうなので」

「今からですか？　まぁ、いいですけど」

「そうそう。言い忘れてました。彼には持病があります」

「えっ？」

「糖尿病です。１型を患っているそうです」

「それは……ちょっと……」

「糖尿病患者には教えられませんか？」岡島が聞いた。

「これまで教えたことがありません。糖尿病でも第一線で活躍している、競泳選手がいることは知っていますが、そういう選手を指導するのはとても難しいでしょう。私には到底無理です」

「随分簡単に白旗を揚げるんですね」

「…………」

「コーチングを究めたくて、ここに学びに来てるんじゃないんですか？　これまでの指導に満足していないからとも言えますよね。これまでやったことがないから断るというのじゃ、進歩を拒否しているのと一緒ではないですか？」

ぐうの音も出ない。

固まっている邦子をよそに「彼の泳ぎを見てから決めてください」ともう一度言うと、「急いで、これ、食べちゃいますから」と続けた。

そして大きな口を開けて、そこにトンカツを押し込んだ。

それからしばらくして、食事を終えた岡島と邦子は学食を出た。

キャンパスの南側に体育館があり、その奥にプールが入った施設がある。

通用口から入りスニーカーと靴下を脱いだ。

そしてプールサイドに岡島と並んで立った。

地下一階にあるプールはやや暗い。二十五メートルの長さのレーンが四つあった。泳いでいるのは男性三人だけだった。

岡島が二レーンで泳ぐ男性を指差した。「あれが彼です。萩原拓也《はぎわらたくや》君です」

拓也が右からクロールで泳いでくる。邦子たちの前を通過して左へ進んだ。壁でクイックターンをして戻ってくる。

邦子は屈んで拓也の泳ぎをより近くで見る。

邦子の前を拓也が泳ぎ過ぎた。

これは……こんな泳ぎをする子がいるなんて。

拓也の泳ぎは美しかった。腕を引き上げる角度も、またその腕を前方に入れる角度も、教科書通りで正確だった。足のキックが弱いのが気になるが、それでも凄い選手ではあった。

才能はある。でも……持病がある。私に出来るだろうか、指導なんて。

岡島が言う。「いかがですか？　彼の泳ぎは」

邦子は立ち上がり岡島に顔を向けた。

岡島はワクワクしているような顔で、邦子の言葉を待っていた。

六

邦子はストップウォッチを片手に拓也の泳ぎを見つめる。

拓也は疲れているようだ。

持ち上げた手の高さがいつもより低かった。

拓也は田口スイミングスクールのプールの六レーンを、クロールで泳いでいる。拓也がどんどん邦子に近付いてくる。そして壁にタッチした。

その瞬間、邦子はストップウォッチを止めた。タイムを拓也に告げると、すぐにプールサイドに置いたテーブルに近付いた。そこに載せているタブレットに今の数字を入力する。

プールから上がった拓也は、邦子の隣で血糖値の測定を始めた。

その数値も邦子はタブレットに入力した。後で拓也のかかりつけ医の久保《くぼ》に、送信することになっている。

拓也は先月から田口スイミングスクールで練習している。練習メニューは細心の注意を払って邦子が作った。久保のアドバイスを参考に、短時間で濃密な練習が出来るように考えたものだ。

邦子は言った。「タイムは昨日と大体同じ。血糖値も昨日と同じで許容範囲ね。明日も今日と同じ練習メニューでいきましょう」

「今日は？　もう少し練習したい」

コーチ人生で初めて練習をさせまいとする。「これ以上練習はしちゃダメ。身体に悪いわよ」

「すっごく練習したらダメだろうけど、ちょっとぐらいだったら大丈夫なんじゃないかなぁ」

「大丈夫じゃない」ぴしゃりと言う。「分かってるでしょ」

残念そうな顔で「ダメかぁ」と呟いた。

邦子だって練習させてあげたい。だがそれは許されなかった。

拓也は頑張り屋だがガツガツはしていない。初めて会った時、邦子は競泳での目標はなにかと尋ねた。拓也はしばらく考えてから、一番速く泳ぎたいなぁとのんびりした口調で答えた。

拓也はまた物凄くポジティブだった。前日と同じタイムでも、悪くなったんじゃないから今日はいい日と言う。前日よりタイムが悪かった日には、よくなる途中だからだと口にして全然へこたれない。邦子の何倍も拓也のメンタルは強かった。

大学院では選手などの対象者が自信をなくしていたら、励まし、宥《なだ》め、本来の力を発揮出来るようにサポートするのが、コーチの役目の一つだと学んでいるが、拓也に限っていえば邦子の出る幕はない。

大学院では対象者それぞれの個性と才能に合わせて指導や接し方を変えるべきだとも習った。そう教わった途端、生徒たちとどう接したらいいのかが、分からなくなってしまった。

拓也の個性に合わせた接し方って？

拓也は人懐っこかった。「コーチ、聞いてくださいよぉ」とよく言ってくる。何事かと思えば、どこそこのアイスコーヒーを飲んだら、すごく旨くてびっくりしたなどという、オチも感動もない話だったりする。だから？　と言いたくなるのを、なんとか堪える毎日だった。そんな時「そうなの」と相槌を打つのだけど、果たしてこれでいいのだろうか。

拓也がこれ以上練習しないよう、更衣室へ向かうのを見届けてから、邦子はプールを離れた。

階段を上っていると、拓也の母親の梓《あずさ》から声を掛けられた。

二階から練習を見学していたのだろう。

デパートで働いていて平日が休みだそうで、ウイークデーによく姿を見掛ける。邦子と同じ四十代と思われる梓は、いつもお洒落をしている。

今日もシルクのような光沢と柔らかさのある白いブラウスに、紺色のクロップドパンツを合わせていた。

どうせ濡れるからとスッピンの邦子とは違って、梓はメイクもちゃんとしている。梓を前にすると、自分への手の掛け方の違いを突き付けられているようで、居心地が悪くなった。梓の夫は病気で十年前に亡くなったと聞いている。

梓が質問する。「拓也はどうでしょうか？」

「タイムはまだ出ていませんが、拓也君の体調を第一に考えた練習にしていますので、ご安心ください。練習前、練習中、練習後と血糖値をきちんと測っています。数値が悪ければ練習はさせません。すぐに中止にします。グループＬＩＮＥを読まれて、すでにご存じかとは思いますが、久保先生から医学的サポートを、頂くようにしていますので」

頭を下げた。「ご配慮頂きまして有り難うございます」

「いえいえ。拓也君は才能ありますよ」

「本当ですか？」

「はい。フォームが素晴らしいです。キック力が付いてくれば完璧です。子どもたちにお手本として見せたいくらいの、美しいフォームです」

「それは喜んでいいのか、哀しむべきなのか……あの子にとっては良いことですね。すみません。変な言い方をして」梓は少しの間迷うような表情を浮かべていたが、やがて語り出した。「持病があるのに水泳を習わせたのは私なんです。それをずっと後悔しています。私が習わせたりしなければ、持病があっても、もっと楽な暮らし方が出来たはずですから。私はまともな身体に産んであげなかった上に、水泳をさせて、拓也に更に苦労させることになってしまいました。私、もっと気軽に水泳をして貰うつもりだったんです。週に一回泳ぐとか、それぐらいです。それぐらいでしたら、いい運動になりますよね。私は中学から高校まで水泳部だったんです。実は私、大野コーチと同じ年の同じ日に生まれたんですよ」

「えっ？　そうなんですか？」

「はい」頷いた。「昔、オリンピックの出場選手を、紹介している雑誌を見ていた時、あっ、この選手、私と誕生日が一緒だって驚いたんです。大野コーチでした。私も水泳をやっていたので、親近感を覚えたんです。私の代わりに、オリンピックに出場してくれているんだぐらいの気持ちで、テレビ観戦では熱烈に応援しました。そのレース、録画したんです。それを大事に取ってあったんです。拓也を水泳教室に通わせる前に、そのビデオを見せて言いました。この選手は他の選手より身体が小さいでしょ。体格には恵まれなかったけれど、とても綺麗な泳ぎをするから、オリンピックにまで行くことが出来たんだよって。拓也は水泳教室に通いながら、そのビデオを何度も何度も見返していました。拓也のフォームは大野コーチのコピーです」

「………」

「真似をするほど憧れていた、大野コーチから習えることになって、毎日とても楽しそうです。でも私は……あの子が心配で、出来ることならもう水泳は止めて欲しいんです。でも止めさせることが出来ないので、仕方なく応援しています」

そう……なんだ。

梓が続ける。「あの子はもっと速く泳ぎたいと思っているようですが、私は記録なんてなんて言えばいいのか分からない。大学院で選手の家族との接し方はまだ教わっていない。

邦子は相応《ふさわ》しい言葉を探し出せなくて、困った顔で突っ立っていた。

それを梓は気にする様子はなく「どうか、あの子に無理をさせないでください」と頭を下げると身体をくるりと回す。

そして出口に向かって歩き出した。

梓が付けていた香水の残り香の中で、邦子はしばし立ち尽くした。

少しして我に返った邦子は階段を上る。

事務所に入ると、窓の側に社長が一人立っていた。

「お疲れ様です」と邦子が声を掛けると、社長は片手を上げて「お疲れさん」と答えた。

社長が隅の冷蔵庫を指差した。「永都《えいと》君のお母さんから差し入れを貰ったから、中に入れといたよ。中学受験をすることになったから、水泳は止めるってさ。永都君、泳ぐの大好きで楽しそうに通ってくれてたのにな」

社長はどうやって覚えるのか、すべての生徒の名前を記憶している。現場で教えていないのに、それは凄いことだと思うのだが、それだけじゃなく生徒の親たちの顔も分かっていた。更に廊下で生徒とすれ違った時などには、次は十四級を目指して頑張ろうな、などと声を掛けたりして、その子の級数まで把握していた。

邦子は「残念ですね」と言った。

「お母さんはさ、受験が終わったら、また戻って来ますからなんて言ってたよ。皆、止める時はそう言うんだが、二度と戻って来ないいんだよな」

「それも残念です」と邦子が繰り返すと、「拓也君はどう？」と社長が尋ねた。

「才能はあります。でも身体に負荷を掛けるような練習は出来ないので、どこまで記録を伸ばせられるかは分かりません」

「で？」

「えっ。で？　というのはなんですか？」

「まだ言いたいことがあるって顔をしてるから。その続きを聞こうと思ってさ」

「そんな顔してますか？　まぁ、そうかもしれませんけど。拓也君のお母さんが今日いらしてて、話をしたんです。そうしたら本当は水泳を止めさせたいって。てっきり応援していると思ってたんですよ。水泳を止めさせたいと思っているお母さんに、私はどう対応したらいいんでしょう。大丈夫ですよと言うのも変ですよね？　一緒に頑張りましょうと言うのも違う気がしますし。大学院でそういうの、まだ習ってないんですけど、これから教えて貰えるんでしょうか」

社長が言う。「大学院のカリキュラムは私には分からないよ。もしかして、そういうのが習いたくて大学院に行くことにしたの？　最新の知見やスポーツ科学を学びたいのかと、思っていたんだがね」

「それもあります。ありますけど、なんだか、どう生徒に接したらいいのか急に分からなくなったんです。それで変わろうと思ったんです。とにかく学ぼうと思って大学院に飛び込んだんです」

不思議そうな顔をした。「どうして変わろうとするの？　大野コーチは変わらなくていいよ。生徒たちから好かれてるんだし」

鉄平からは嫌われたけど。

「大野コーチはさぁ」と社長が言う。「わざと生徒を褒めないようにしてる？」

「はい？　私は生徒を褒めないですか？　そうですか？　それは……無自覚でした。わざとではないです」

「大野コーチは滅多に褒めないから、たまーに褒められるとすごく嬉しいんだってさ。生徒たちが言っていたよ。だからさ、いいんだよ、これまで通りで。無理して気を遣って褒めようとしなくて。生徒の顔色を窺う必要はないんだから」

「そうですか？」

「おや。不満げだね」社長が窓越しに階下のプールへ視線を向けた。「私がクラスを受け持っていた頃は、伝え方を工夫していたな。一度の説明でぱっと理解出来る子もいるし、何度も説明してやっと分かる子もいるだろ。生徒は色々だ。理詰めで説明した方が理解し易い子もいるし、感覚的な話をした方が分かる子もいる。だからその子が一番理解し易い伝え方を、見つけようと努めていたよ。伝え方が分かったら、こっちのもんだ。いいところだって、直した方がいいところだって、その子に合った伝え方をすれば、ちゃんと理解してくれる」

「伝え方……どうやってベストな伝え方を見つけるんですか？」

「知ろうとするんだよ。その生徒のことを。なにが好きで、なにが嫌いで、物事をどういう風に見て、どう考えて、どう感じるのかを探る。そうすればどういう伝え方だったら、その子に届くのかを推測出来るようになる。そうやって見つけた伝え方を試してみて、ダメだったら別の伝え方を探してみる。これを繰り返す。そうやって見つけていたな、私は」

社長がそんな努力をしていたなんて……。初めて社長の凄さに気付いた。

邦子はぺこりと頭を下げた。「アドバイスを有り難うございます」

「いやいや。アドバイスだなんて大袈裟な。私がやっていたことを話したまでだから。ま、頑張ってよ。ここでのコーチングも、大学院での勉強も。身体を壊さない程度にね」

「はい」

社長は「そういうことだから」と言うと歩き出した。

そしてドアの前で足を止めるとコピー機を指差す。「先月のインクカートリッジ代が、去年より一万円も多く掛かったんだよ。不思議だろ。どうしてだろう。去年より生徒の数が減ってるんだから、級の合格証だって、他のものだって、印刷枚数は減るはずなのにさぁ。おかしいよなぁ」

肩を落とした社長がぶつぶつ言いながら、事務所を出て行った。格好いい社長なのに……相変わらず気にする箇所が小さい。

邦子はくすりと笑ってしまう。

七

邦子は尋ねた。「今日はどこを注意して泳ぐ?」

拓也は「んー」と言ってからしばらく考える様子を見せた。

それからゆっくりとした口調で「足の付け根かな」と答えた。

「オッケー、そうしよう。体幹を鍛えるトレーニングをしてきたから、付け根から足を動かしても、身体が左右にブレるのを大分抑えられるようになってる。だから思い切りやってみよう」

「分かった」と言った拓也は順番待ちをしている生徒たちの、最後尾に向かって歩き出した。

今日は田口スイミングスクールの記録会の日だった。内輪の記録会ではあるが参加者はとても多い。ここでの自己記録更新を目指して、頑張っている生徒は多いのだ。

記録係のコーチが笛を鋭く吹いた。

同時に五人の男子高校生たちが水に飛び込む。

彼らが平泳ぎを始めると、二階の観覧席からだけでなく、プールサイドで順番待ちをしている生徒たちからも、応援の声が掛かった。

生徒たちが壁でタッチターンをすると、プールサイドにいる井上が手を叩いて「イケるよ、イケるよ」と励ました。

なにがイケるんだか。

邦子は笑ってしまう。

声援の言葉ならこの程度でいいのだろうか。

ふと、三階の社長室へ目を向けた。

窓際に社長の姿があった。

社長から伝え方が大事だと習ってから、試行錯誤が続いている。拓也を知ろうと思って好きなことを聞いてみたら、新幹線だと答えた。どういうところが好きなのかと尋ねたら、

「しゅっとしてて、びゅっと速いところ」と言った。気持ちを言葉に変換するのは得意でない、ということが分かった。理解力は十二分にあるが言語化は苦手なのだろう。

一番いい伝え方を探っていた時、競技会に出場する生徒たちを引率する機会が巡ってきた。全レースが終わり邦子が指定した待ち合わせ場所に、生徒たちが一人二人とやって来た。全員が揃うのを待っていた時、拓也がキャリーバッグを開けた。びっくりした。整理されてきちんと収納されていた。これまでたくさんの選手や友人の、キャリーバッグの中を見てきたが、ナンバーワンの整頓ぶりだった。

その時、拓也の頭の中を見たような気がした。脳の中がごちゃっとなっている邦子とは違って、拓也の頭の中は綺麗に整理されているに違いない。またそういう状態が、拓也にとっても理想形なのだろうと思った。

邦子は一度にたくさんの指摘をするのを止めてみた。一つアドバイスをしたら、その日は他のことは言わないようにしてみた。拓也がここに置きたいと思った脳の中の場所に、それがきちんと収まるまでは、他の情報を与えないために。

また練習のテーマも邦子から指示するのではなく、まず拓也にやりたいことを聞くようにしている。こうした練習が拓也に合っているかどうかは分からない。だが記録は少しずつ良くなっているので、ひとまずこの方法を続けていくつもりだった。

拓也が記録に挑戦する番になった。

十八歳以上の男性の生徒六人がスタート台に乗る。

三レーンの拓也は集中している顔付きだった。

笛の音と同時に生徒たちが一斉に水に飛び込んだ。

大きな声援を受けながら六人が、二百メートルクロールで自己記録更新を狙う。

五十メートルを過ぎた頃から、徐々に拓也のリードが大きくなっていく。そして拓也が百メートルのクイックターンをした時には、他の生徒は二十メートルほど後ろを泳いでいた。

ここからが勝負。拓也は後半バテてしまうことが多い。頑張れ、踏ん張れと言いたいところだが、持病のある子にそんなことを言ってもいいものか……。

百五十メートルを過ぎた。

拓也のペースは落ちた。

それでもぶっちぎりの一位で二百メートルを泳ぎ切った。

三レーンの記録係の中道が、手元のクリップボードに挟んだ紙に数字を書く。

邦子はそれを横から覗き込む。

前回より大幅にタイムが良くなっていた。

邦子がそのタイムをプールの中の拓也に告げると、「よっしゃー」と嬉しそうな声を上げる。

邦子は拍手が起きている二階の観覧席を見上げた。出入り口に向かって歩く女性に気が付いた。

あれは……梓？

梓に似ている人が観覧席を出て行くのを、邦子は目で追った。

八

邦子は腕時計で時間を確認する。

午前十時十五分。

拓也が遅刻なんて珍しい。いつも練習開始時間の三十分前には来ている子なのに。持病が悪化したんじゃないといいけど。

邦子はプールサイドのテーブルに置いていた、スマホを手に取る。

〈今日は練習休むの？　体調が悪い？〉と書いてグループＬＩＮＥで拓也に尋ねた。

プールではシニア向けの、アクアエクササイズが行われている。ノリのいい音楽に合わせて十人ほどが運動をしていた。担当の井上がプールサイドで踊り、生徒たちに見本を示している。

井上の背後に置かれたビート板の上には、サンタクロースの衣装を着たスイスイが寝そべっていた。

毎年十二月になると、スイスイはこの衣装を誰かに着せて貰う。

邦子は今一度スマホを覗いた。梓から届いたメッセージを読み始める。

〈もうそちらに拓也は行かせません〉と書かれていた。

邦子は〈どうしてですか？〉と尋ねて梓からの返事を待つ。

少ししてメッセージが表示された。

〈大野コーチが君島選手を指導している時の映像を、他の生徒さんのお母さんから見せて貰いました。あれはパワハラです。まともじゃありません。大野コーチが拓也にそれと同じような指導をしているのを、私は見たことはありませんが、それはたまたまだったのでしょう。拓也をパワハラコーチに委ねるつもりはありません。もうそちらのレッスンには行かせません〉

もう……来ない。そう……なんだ。鉄平への指導はパワハラだった？　厳しくはした。でも鉄平はオリンピックへの出場を目指すために、厳しく指導されることを受け入れたから……それでもパワハラになるのだろうか。拓也への指導には随分気を遣ってきたつもりだったけど、そこじゃなくて、以前教えていた他の生徒への指導方法が理由で、コーチを解任されるのって……でもしょうがない。だけど……別れには慣れているはずなのに……胸が痛い。それに凄く寂しい。

スマホに指を当てた。そして梓に向けたメッセージを入力する。

〈拓也君は才能があります。どうか他のコーチから指導を受けて、競泳は止めずに続けるよう伝えてください〉

他にも言いたいことが、たくさんあるような気がするのだけど、もうなにを言ったってという思いも湧いてくる。

邦子は加筆せずにそのまま送信した。

スマホとタブレットを胸に抱えて歩き出す。

事務所に戻り自分の席に着いた。

タブレットを仕舞おうと引き出しを開けた。

歯磨きセットが入ったポーチに目が留まる。

それは拓也から貰った誕生日プレゼントだった。歯ブラシのハンドルが、女性のボディを模した形になっているものだった。その女性はビキニトップに、腰みの姿のフラダンスの衣装を身に着けている。

以前、ストレス解消の方法について拓也と話をしていた時、コーチはどうしているのかと聞かれたので、歯を磨くと答えた。口の中をすっきりさせると爽快になって、ストレスから解放された気になるからと理由を説明した。その話を拓也は覚えていて、誕生日プレゼントにこれを選んだのだろう。前にした他愛もない話を覚えてくれていたことは、私を知ろうとしていたからと思えて、嬉しかったのだけど……もう拓也とそんな話をする機会はない——。

引き出しを閉じて、その上の引き出しを開けた。

誕生日に生徒たちから大量に貰ったので、普段以上にびっしりとチョコレートが詰まっている。

小袋を一つ取り出して封を開けた。中に手を入れてボール形のチョコレート三粒を摑む。そのすべてを口に入れて嚙み砕く。

咀嚼していたらため息が零れた。

九

加藤大介《かとうだいすけ》が邦子から脳波測定ヘッドギアを、ゆっくり外した。

邦子は左右の肩を交互に後ろに小さく回して、凝りをほぐす。

大介が言う。「お疲れ様でした。大丈夫ですか？」

「今日の結果、悪かったでしょ。ここのところ睡眠不足だったからだと思うけど、今日はエアロバイクのペダルを重く感じてたんだよね」

「そうだったんですか？　でも正答率はいつもと同じくらいでしたよ」

「本当に？」

「はい」と大介が頷く。

「それは意外」

大介はゼミ仲間の二十三歳の大学院生だった。身長は百七十センチ台ながら、全体的にがっしりした体格で、その風貌から《くまお》というニックネームをもつ。六歳から柔道をやっていたらしい。

論文を書くために被験者を探していた大介から、協力して貰えないかと言われた邦子は、ひと肌脱ぐことにした。

モニターに出てくる簡単な計算の問題や、トランプの神経衰弱をする。次にエアロバイクを三十分漕いだ後で、再び計算問題と神経衰弱をする。この間ずっと脳波の測定をされるのだ。

被験者は三十人で、その半分は普段運動をしていない人たちで、残りの半分は日常的に運動している人たちだという。こうした実験でどういう結論を導き出すのか、邦子には全く見当がつかないが、うちの大学ではこんな風に研究のために、互いに被験者になって協力し合うことが多いらしい。

邦子はテーブルのペットボトルに手を伸ばした。キャップを外してスポーツドリンクを喉に流し込んだ。

岡島ゼミの研究室は百平米ぐらいある。運動関係のゼミでは実験にスペースが必要になるため、他の学部の倍以上の部屋を貰っているのだが、それでも手狭に感じられる。エアロバイクやランニングマシン、計測機器などが並び、座って作業するためのテーブルや椅子もあるせいだろう。

大介が質問した。「最近元気がないですけど、なんかあったんですか?」

「えっ?」

「睡眠不足だって言うし、なにかあったのかと思って」

そんな直球の質問をしてくるのは若いから? それともそういう性格だから? 大人はその手の質問は、よっぽど親しい人以外には、しちゃいけないと知っているもんだけど。

邦子は「なんにもないわよ」と質問をかわした。

「そうですか。来週のゼミの忘年会は参加しますか？」

「欠席。用事があってね」

十二月二十七日は邦子の父親の命日だった。命日には父親が好きだった料理を作り、父親が好きだった熱燗で夜を過ごすことにしている。

大介が言う。「そうなんですか。だったら新年会は絶対参加してくださいね」

「そうする」と答えた。

大学を出てH駅から電車に乗った。

スマホをチェックしたが、どこからも連絡は入っていなかった。今夜雪が降ると言っていたことを思い出して、天気予報のサイトにアクセスする。

すると鉄平の顔が出現した。

カメラに笑顔を向ける鉄平の右手には、スポーツドリンクが握られている。画面が切り替わり、鉄平がプールで泳ぐ姿が映し出された。次にプールサイドに並ぶスポーツドリンクがアップになり、そのうちの一本を横から出て来た手が摑む。続くシーンでは、鉄平がそのスポーツドリンクを、一気飲みする姿が映っていた。そして鉄平の左側に、スポーツドリンクのブランドロゴが現れた。

この飲料メーカーと、スポンサー契約するらしいと以前噂を聞いたことがあったが、コマーシャルに出演するぐらいなのだから、それは本当だったのだろう。鉄平は注目を浴びるのが大好きだから、きっと契約もこの出演も喜んでいるに違いない。

田口スイミングスクールの事務所に着いたのは、午後二時過ぎだった。

誰もいない事務所は真っ暗で冷え切っていた。

すぐにエアコンの暖房を入れる。

社長が節電のため小まめに電源を切りましょうと書いた紙を、あっちこっちに貼って歩いた結果、スタッフたちの意識が変わったのか、室内灯やエアコンがオフになっていることが増えている。スクールが行われている時間は、いつも事務所のドアは開けっ放しなので、エアコンが消されてしまうととても寒いのだが。

邦子はコートを着たまま加湿器のタンクに水を入れた。

スイッチを点けるとノートパソコンを立ち上げた。

コンコン。

ノックの音がして邦子は顔を上げた。

開いたドアの前に拓也がいた。

邦子はびっくりしてただ拓也を見つめる。

拓也が口を開いた。「今、いい？」

「えっ……あぁ、大丈夫よ。どうしたの？」

「親を説得するのに時間が掛かっちゃった。でもやっとお母さんを説得出来た。大野コーチにまた指導して貰いたい。ここに通いたい」

「……えっと……今、なんて言ったの？　もう一度言ってくれる？」

拓也が少し笑う。「お母さんを説得した。大野コーチに指導して貰うことをね。だからまた教えて欲しい。ここで」

「…………」

不安そうな顔をする。「ダメ？」

慌てて言う。「ダメじゃない。ただ……お母さんをよく説得出来たなと思って。お母さん、田口スイミングスクールのレッスンには行かせないって、私に拓也君を委ねるつもりはないって、そうＬＩＮＥに書いてきてたから」

「僕はどうしても大野コーチに、指導して貰いたいって言ったんだ。他のコーチじゃ嫌なんだって一生懸命話したんだけど、全然聞いてくれなくて。それでハンガーストライキをした」

「えっ？　そんなことをしたら……」

拓也が頷く。「命懸けだよ。僕がハンガーストライキをするってことは。それでお母さんが折れた。僕の勝ち」にやりとした。

そこまでして……。

邦子は「有り難う」と口にした。

その声が少し揺れていて泣きそうなのだと気付いた。

拓也が不思議そうな表情を浮かべた。「どうしてコーチが有り難うって言うの？　僕が謝らなくちゃいけないのに。お母さんを説得するのに時間が掛かってごめん。でももう大丈夫だから。だから明日から来ていい？」

頷いた。「拓也君のお母さんは悪くない。お母さんが心配するのはもっともだもの。私ね、鉄平君に厳しく指導したの。私がコーチから指導して貰ったのと同じ方法だった。その教え方が鉄平君に合っているかなんて、考えもしなかった。他の方法を検討するべきだったし、最新の科学を基にした、アプローチの勉強もしておくべきだった。それに……鉄平君から信頼されていると思い上がっていた。でも違った。ダメなことばっかりやってたの。拓也君の指導はこれまでと同じではいけないと思って、別の方法を探したんだけど、どうしたらいいのか分からなくて。正直手探りだった。拓也君に合っている指導が出来ていたかは分からないけど、記録は伸びてたよね。これからはどうする？　どんな風に指導して欲しい？」

「コーチに任せるけど、僕はこれまでと同じでいいと思う」

「そう？」

「うん」拓也が頷いた。

「分かった。それじゃ、これまで通りで。でもこうした方が分かり易いとか、これはやり難いとか思ったら、我慢せずにその都度言ってね」

「分かった。君島選手のことは分からないけど、僕にとって大野コーチは最高のコーチだよ。ちゃんと見ててくれるでしょ、僕の泳ぎを」

「そんなの当たり前じゃない」

「当たり前じゃないよ。物凄く見てるから、ほんのちょっとの違いが分かるんでしょ。そういうコーチ、そんなにいないよ。だから戻って来たかったんだ。どうしても」

邦子は肩から力を抜いた。そして頷いた。

拓也が言う。「じゃ、明日十時でいい？」

「待ってる」

「じゃ、明日」

「明日」と邦子は繰り返した。

拓也が去った。

邦子はしばらくの間、ぼんやりとノートパソコンのモニターを眺める。

一時引っ込んでいた涙がまた出てくる気配がした。

中腰になって、向かいのデスクにあったティッシュの箱から、一枚を失敬した。それを目に当てた。

十

邦子は言う。「これがこの前撮影した拓也君の映像ね。で、これをシミュレーションソフトを使って、泳ぎの分析をしてみたの」

拓也が興味深そうな顔をした。「そうなんだ」

「随分というか、ほとんどを大介君にやって貰ったんだけどね」

大介が「おっす」と口にしてから笑みを浮かべた。

邦子たちは田口スイミングスクールのプールサイドに置いた、テーブルの前に陣取っていた。ノートパソコンの画面には、先週大介が、拓也の泳ぎを水中撮影してくれた時の映像が流れている。

邦子は画面をシミュレーション画像に切り替えた。

拓也の身体は3Dのイラストになり、その周囲の水の流れが線で表現されている。

邦子は「色々な角度から見られるのよ。自分で動かしてみる?」と尋ねた。

拓也が頷いたので大介が操作方法を教え始める。

大介に邦子がやりたいと思っていることを話し、手伝って貰えないかと打診したのは三週間前だった。いいっすよとあまりに軽く返事したので、話を理解していないのではと疑った。だが大介は前にゼミの先輩から頼まれて、同じようなことをしたので多分大丈夫だと答えた。その時には短距離選手の走りを撮影して、3D画像にしたという。

バイト代は出せないが、作業した日は牛丼を奢ると邦子が申し出ると、「並っすか?」と確認されたので、「超特盛」と答えたら、「うほっ」と変な声を漏らして大喜びした。

拓也と大介の背後から邦子が言った。「上半身が安定していて凄くいいよね。上半身のブレが小さいから滑らかに進んでる。いいフォーム。ここから更にタイムを上げるには、どこを強化すればいいと思う?」

拓也が考えるような顔をした。

そして少ししてから「キック力かなぁ」と答えた。

「そうね。前より随分キック力は上がってきたけど、やっぱり足の力は大事だもんね。ここ、見て」邦子は画面の一点を指差す。「足首の周りに水流の線があるでしょ。線の太さは、水流が速いほど太くなるように設定してあるの。太いってことは、それだけ強い力で水を動かしているってこと。手の周りに出来ている線の太さより、足の周りの線の方が太くなっているでしょ。ここをもっと太い線にしたいよね」

拓也が画面をじっと見つめたまま頷いた。

邦子は続ける。「この画像を何回も見ていて気が付いたんだけど、足首から爪先までの線が少しだけ細くなってるの。分かる？　太腿、膝、脹脛までは同じくらいの太さでしょ。なのに足首からほんのちょっと細くなって、爪先に抜けていってる」

拓也が顔をぐっと画面に近付けた。「そう言われると、そう見えるかも」

「足の甲を意識しながら水を蹴ってみたらどうだろう」

「足の甲……」拓也が呟く。

スイスイを使って説明した方がいいかな。

その居場所を探そうと振り返った邦子は驚いた。

井上と中道が背後から画面を覗き込んでいたのだ。

井上が「なんだか面白そうだったので見学させて貰ってました」と言い訳をしてから首を竦めた。

隣の中道は「勉強になります」と言った。

プールではバレーボール選手たちが泳いでいるだけで、レッスンを受けている生徒はいない。

邦子は少し離れた場所にあった、ビート板に寝そべるスイスイを持ち上げた。

今日のスイスイはマフラーを首に巻き、手袋をしていた。

拓也のところに戻った邦子は、スイスイをうつ伏せにして足首を摑む。

そして爪先を丸めるようにして、甲の面を最大限広くしてから下げた。

邦子は言った。「こんなイメージ。ちょっとオーバーにやってるんだけど、足を下げる時に、足全体を下げるイメージじゃなくて、足の甲を下に強く押す感じ。ここを意識して泳いでみない？」

「分かった」と拓也は即答した。「やってみる」

「感覚が馴染《なじ》んで来たら大介君にまた撮影して貰って、この前の時の映像と比べてみよう」と邦子は提案した。

拓也が頷き身体を後ろに回した。

そして「社長、どうしたんですか？」と声を発した。

いつの間にか社長までが、邦子たちの背後から覗き見していたようだ。

ワイシャツにネクタイ姿の社長は、水に濡れないよう素足になっていて、スラックスの裾を捲り上げていた。

その間抜けな格好はちょっと可愛かった。

社長が言う。「上から見てたらさ、皆で楽しそうにしているようだったから、覗いてみようと思って」

拓也が「楽しいですよ」と口にしてから笑った。

邦子ははっとした。私のレッスンを他のコーチが見学することなんて、これまで一度もなかった。楽しそうだと言われたこともなかった。これって……。

拓也が「行ってきます」と言って歩き出した。

邦子は「行ってらっしゃい」と応じて送り出す。

拓也がプールサイドに腰掛け、膝から下だけを水の中に入れた。甲を意識するように左右にゆっくり動かした。しばらくの間同じ動きを繰り返してから、するりと水に入った。

十一

邦子は深呼吸をする。

落ち着け。私が泳ぐんじゃない。泳ぐのは拓也だ。だから落ち着け。

あと十分ほどで四百メートル自由形の決勝戦が始まる。拓也は予選一位のタイムで決勝戦に進んだ。

拓也は大会に出場する度に自己記録を更新し、この決勝戦に辿り着いた。この大会で派遣標準記録をクリアすれば、七月にパリで行われる国際大会に出場出来る。

プールを見下ろすように、二階と三階が観覧席になっている。邦子は二階のスタート地点とは一番離れている端の席に、一人で座っていた。出場選手の家族席は中央付近に用意されていて、梓はそこにいた。

選手が入場するとアナウンスが入り、客席から拍手が起こる。

選手たちが一列になって入場してきた。先頭は鉄平だ。

決勝に進出した選手の中で、一番タイムが遅かった鉄平が八レーンを泳ぐ。鉄平は今年に入ってから成績不振で、決勝に残れないことも多かった。

拓也が四レーンのスタート台の後ろで足を止めた。着ていたジャージを脱ぎ丁寧に畳むと籠に入れた。両手を左右に大きく回してからプールに近付く。片膝をつき水の中に手を入れる。掌で掬った水を上半身にバシャバシャと掛けた。そして左足をスタート台に乗せた。

あぁ、神様。どうか拓也に力を。拓也は真面目に練習してきました。練習時間は他の選手より少ないでしょうが、持病があるからです。そこは理解してくれてますよね。競泳への思いの強さは誰にも負けていません。限られた時間を大切にして練習してきました。拓也の努力がいいタイムに結びつきますように。邦子は心の中で手を合わせて祈る。

八人の選手がバックプレートに片足を乗せて身体を丸め、前傾姿勢になる。

ピッ。

電子音が鳴った瞬間、選手たちが水に飛び込んだ。

拓也の反応はちょっと悪かった。

スタートの練習したんだけどなぁ。でも大丈夫。挽回すればいい。ほら、遅れはもうほぼ取り戻せた。行け。焦るな。拓也なら大丈夫。そう、いい感じ。ターンも良かったよ。足の甲を意識して。他の選手のことは気にしない。いつもの泳ぎでいい。そう、そうだ。いいよ。拓也が一番だよ。このままいけば自己記録を更新出来るからね。

邦子は思わず胸の前で自分の両手を組んだ。

神様。胃が痛いです。よしっ。いいよ、今のターンも練習通り。そうそう落ち着いて。ここからだからね。ここから萩原拓也の強さを見せつけるんだよ。そう。いいよ。大丈夫。

拓也が最後のターンをした。

行け行け。とにかく行け。大丈夫。ついて来てるのは一人だけだし、一メートルは距離が開いているからね。バテるな。最後の力を振り絞って。いいよ。そのまま。三コースの選手、もっと遅れろ。行け、行け、行け、行け。頑張れ。

よっしゃー。

邦子は声を上げて両手の拳を突き上げた。すぐに電光掲示板に目を向ける。

一位の欄に拓也の名前が表示されていた。その横に記されたタイムは、七月の国際大会への派遣標準記録を上回っていた。拓也は自己ベストを更新し、国際大会へのチケットも手に入れた。

邦子はもう一度よっしゃと声を上げてから、顔を斜め後方に捻る。

梓がハンカチを目に当てていた。

邦子はプールに視線を戻す。

拓也が客席に向かって大きく手を振っていた。

邦子は拍手を送って称《たた》えた。

鉄平は八位に終わった。

邦子はスタッフの控え室に行くため立ち上がる。バッグを肩に掛けて身体を後ろに回した。視界の隅に梓が立ち上がるのが見えた。

梓が邦子に向かって深々と頭を下げた。

邦子の胸が熱くなる。

邦子も身体を半分に折って頭を下げた。そして階段を駆け下りた。

スタッフ専用の出入り口から中に入った。

細い廊下がずっと先まで続いていて、そこを大勢の人が行き交っている。廊下の左右にはいくつもの部屋があった。

その中の一つ、プレス用に用意された部屋の隅に陣取った。

正面の壁には大きなモニターが四つあり、それぞれが会場の別の場所を映し出していた。そのモニターに向かうように、横長のテーブルが整然と置かれている。そこでノートパソコンを使って、二十人ぐらいが作業をしていた。

邦子は立ったままスマホを覗いた。

社長からのＬＩＮＥには〈おめでとう〉の文字が三十個ほど並んでいた。大介は何故か〈ワッショイ〉と書いてきている。久保からは〈やりましたね〉という言葉が届いていた。

それらを読んでいる間にも、続々とＬＩＮＥやメールが送られてくる。岡島教授からのメールには〈大野コーチと拓也君を信じていました〉とあった。田口スイミングスクールのコーチ陣からのＬＩＮＥには、興奮気味の言葉が並んでいる。

皆が喜んでいることが嬉しい。

ニヤニヤしながらスマホを操作して返事を書く。

「コーチ」と声がして邦子は顔を上げた。

鉄平だった。

まだ水着姿の鉄平は、裸の上半身をバスタオルで覆っていた。

鉄平が気楽な調子で言う。「今日は全然ダメだったよ」

「…………」

「ちょっと悪い波に入っちゃってる感じなんだよね、最近。今のコーチは面白いんだけど、あんまり細かいこと言ってくれないんだよ。それだとちょっとダメじゃん、やっぱ。僕は大野コーチに教えて貰った方が、いい記録を出せるって分かったよ。だからまた教えて欲しい」

「……頭に入ってこなかった。もう一度言ってくれる？」

「だから」ゆっくりした口調になる。「また僕のコーチをやって欲しいんだ。そっちのプールに行くよ」

邦子はじっと鉄平を見つめた。

なにを言ってるんだろう、この子は。

邦子は口を開いた。「私の指導方法は古かった。もっと色々な指導方法があったのに、そういう勉強をせずに、自分のやり方を押し付けていたんだから、鉄平には悪いことをしたと思ってる。でもね、指導方法云々《うんぬん》の前に、選手とコーチの間で一番大事なのは信頼関係なのよ。この信頼関係はね、一度壊れてしまったらもう元には戻らないのよ」

「…………」

「私は二度と鉄平の指導はしない。コーチはたくさんいるんだから、他のコーチを探しなさい」

鉄平の顔が強張った。

邦子は続けた。「成績が悪かったことをコーチのせいにしているようだから、一つ言っておくけど、自分の結果をコーチに擦《なす》り付けるような選手はさ、もう終わってるよ」

鉄平がショックを受けたような表情を浮かべた。

その時「ただいまから表彰式を行います」という声が聞こえてきて、邦子は顔を右に向ける。

四つのモニターには会場内の違う場所を捉えた映像が、それぞれに映し出されている。

邦子はもっと近くで見ようとモニターに近付いた。

三人の選手がプールサイドを歩く。真ん中には拓也がいた。

選手たちが表彰台の後ろで足を止めると、協会の会長がトレーを持った女性を引き連れて登場する。

三位の選手に会長からメダルと小さなトロフィーが渡され、次に二位の選手にも贈られた。

いよいよ拓也の番になった。

名前がコールされると、拓也はジャンプをして一番高い表彰台に飛び乗る。拓也が観覧席に向けて手を振ると、拍手は一段と大きくなった。

会長が拓也の首に金メダルを掛けた。次にトロフィーを渡し最後に握手をした。

拓也は最高の笑顔を見せる。

良かった。おめでとう。凄く凄く嬉しい。幸せで身体が震えてる。こんな気持ち……初めて。

カメラマンの要望に応えたのだろう。拓也は金メダルを顔の近くまで持ち上げて、ポーズを取る。

邦子はモニターから離れて元いた場所に戻った。

鉄平の姿はなかった。

邦子は拓也が現れるのを待つことにする。

知り合いのコーチからおめでとうと声を掛けられる度に、邦子は笑顔でありがとうと応じた。

少しして廊下の先に拓也を発見した。

どうしよう。手を挙げて知らせる？　でも……コーチなのに選手と同じように、ハイテンションで喜んでいると、周囲の人たちに思われてしまうだろうか。それはちょっと恥ずかしいような。

迷っていたら拓也と目が合った。

その瞬間、拓也が走り出した。器用に人波を掻き分けながら近づいて来た。

邦子の前で足を止める。「やったよ」

「おめでとう」

拓也が自分の首から金メダルを外した。そして邦子の首に掛けようとする。

驚いている間に邦子の首に金メダルが掛けられた。

邦子は自分の胸に下がった金メダルを、手で持ち上げてしげしげと見つめた。

そして言った。「重いね」

「七月の大会でも金メダルを取って、コーチの首に掛けてあげれるように頑張るよ」

頷いた。「コーチでいさせてくれて有り難う」

「なんだよ、それ」と言って白い歯を見せた。
背後から「写真いいですか？」と声が掛かった。
気が付けば、邦子たちはカメラマンらに取り囲まれていた。
拓也が「いいですよ」と言って邦子の隣に立つ。
邦子と拓也の2ショットを収めようと、大勢のカメラマンがシャッターを切る。
カメラマンの背後を、青ざめた顔をした鉄平が通り過ぎた。

第四章

五十二歳で収入がゼロになる

一

田尻綾子《たじりあやこ》はいつものフレーズを口にする。「今日も最後までお付き合い頂きまして、有り難うございました。今週のキラキラ・アフタヌーンはこれで終わりです。この番組はFM207で月曜から金曜まで、毎日午後の一時から午後四時までの三時間、生放送でお届けしています。皆さんからのメール、リクエストをお待ちしています。それでは良い週末をお過ごしくださいね。お相手は田尻綾子でした」

マイクをオフにして、ガラス製の仕切りの向こうにある副調整室へ顔を向けた。

ディレクターの中山《なかやま》が手を高く上げて、丸の形を作った。

綾子はヘッドフォンを外してテーブルに置き、立ち上がる。

私物をトートバッグに詰めてからブースを出た。

「お疲れ様」と声を掛け合い来週分の台本を受け取る。

フリーアナウンサーだった綾子が、キラキラ・アフタヌーンのパーソナリティーに抜擢《ばってき》されたのは、三十歳の時だった。初めて手に入れた帯番組だった。それから二十二年。この局で一番の長寿番組になった。リスナーは四十代以上の女性が多かった。

綾子は廊下を進み休憩室に入った。

五十平米程度の部屋には、十個の白いテーブルと椅子が並んでいる。窓に向かうように作られたカウンター席もあった。そのカウンターには男性が一人座って、スマホを弄っている。休憩室にいるのは綾子とその男性の二人だけだった。

綾子は中央付近のテーブルにトートバッグを置いた。中から財布を取り出す。水筒の白湯《さゆ》は飲み干してしまったので、自動販売機で温かい緑茶を買った。

テーブルに着くとすぐに来週の台本を読み始める。

月曜日のテーマは《嘘》だ。これまでに吐いた嘘、吐かれた嘘にまつわるエピソードをリスナーに送って貰い、それを許せるか、許せないかを判断するという企画だった。

これは……難しいなと綾子は思う。綾子は嘘を悪だと思っていた。だから綾子自身は嘘を吐かない。誰かに嘘を吐かれたと分かった時には、もうその人を信用しない。

吐いた嘘のエピソードを送って来たリスナーを、非難しないように注意しなきゃ。分かってる。相手を思って吐く嘘もあることは。でも……嘘は嘘だから良くないと思ってしまう。

夫の剛史《つよし》からは「君は正直過ぎて損をするタイプだ」と言われている。

「お疲れ様です」と声がして綾子は顔を上げた。

番組のチーフディレクターの菅家博政《すがやひろまさ》だった。

今日も派手なプリント柄の、テロテロした生地のシャツを着ていた。

その独特のファッションセンスのせいなのか、それともオールバックの髪型のせいなのか、菅家からは夜のにおいがプンプンする。水商売の人が醸し出す淫靡《いんび》さと危うさを、菅家も発しているのだ。だが水商売の経験はなく、アパレル会社で働いていたという。十年ぐらい前にこのラジオ局に転職してきた。現在は四十五歳になる。その見た目とは違って仕事ぶりは堅実で、用意周到に行う。新コーナーを作る時には、半年も前に企画書を出してきた。そしてまずは番組内でそれに関する話を綾子にさせて、リスナーの反応を探る。次に番組の公式サイトでアンケートを呼び掛けて、集まった意見を精査するなどの段取りを踏み、確信を得てから、ようやく実施するぐらいの慎重派だった。

菅家が綾子の向かいの席を指差して「いいですか？」と聞いた。

綾子は「どうぞどうぞ」と言って、テーブルに広げていた台本を一ヵ所にまとめる。

菅家が「門田《かどた》さんは？」と綾子のマネージャーの名前を出したので、「今日は体調不良でお休みを頂いているんですよ」と答えた。

二十四歳の門田は、二ヵ月前に綾子のマネージャーになった新人だった。今月になって体調不良を理由に休む日が多くなっている。これまではマネージャーが現場に来られない時には、事務所の社長の山王丸俊輔《さんのうまるしゅんすけ》が、ピンチヒッターとして登場していたのだが、現在入院中でそれは出来なかった。綾子が所属する小さな芸能事務所では余分な人手はなく、今日のように、現場にいるのは綾子だけといった事態になってしまう。

　菅家が言う。「そういうことなら、綾子さんに直接話をさせて貰うしかないですね。実は六月いっぱいで、綾子さんのキラキラ・アフタヌーンは、終わりになることが決まったんですよ」

「えっ」

　綾子の頭は真っ白になる。

　菅家が顔を顰めた。「凄く残念ですよ、俺も。しかしながら上の決定なので、どうしようもないんです」

「……それは……ショックが大き過ぎて言葉になりません。聴取率は悪くないですし、リスナーからのメール件数だって増えているぐらいなのに、どうして番組が終わってしまうんですか？」

「番組は続くんですよ。キラキラ・アフタヌーンは。番組名は浸透しているので、このまんまです」と告げると目を伏せた。

　そして言い難そうに唇を歪めた。

それから口を開く。「パーソナリティーを変更しようと、そういう決断を上がしたんです」

「それって……番組は続くなら……私だけが降板するということなんですか？」

菅家は気まずそうな顔で小さく頷いた。

綾子は尋ねた。「私はなにか失敗をしたんでしょうか？」

「俺も上に聞いたんですよ。だがよく分からないんです。綾子さんが悪いとか、そういうことじゃないと思います。番組が長くなると、どうしてもマンネリになってしまうじゃないですか。マンネリにならないようにと、そう上が考えたんじゃないでしょうか。あくまでも俺の想像ですが」

そんなこと……キラキラ・アフタヌーンは、もう私の人生の一部になっているのに。それを取り上げられたら私の人生も終わってしまう。毎日スタッフと、リスナーたちと一緒に番組を作ってきた。一生懸命やってきたのに、私だけ弾き出されてしまうの？

菅家が「凄く残念ですよ」ともう一度言った。「でも綾子さんならすぐに他局から声が掛かりますよ。争奪戦になるんじゃないですか？　そうですよ、そうなりますよ。うちよりいい条件のギャランティで番組をもてますって」

「……………」

「そういうことなんで、六月三十日の最後の日まで、一本一本いい番組にしていきましょう」と言うと立ち上がった。

そして急ぎ足で去って行った。

綾子は呆然としたまま、菅家が消えた出入り口付近を見つめ続けた。

しばらくして我に返った。

テーブルのスマホに手を伸ばす。剛史に連絡しようとＬＩＮＥを開く。だがそこで手が止まった。

なんて書けばいい？　今月いっぱいで番組を降ろされることになったって？　剛史も私と同じくらい驚くだろう。そして同じくらい困るだろう。綾子は給料制ではなく、歩合制の契約なのだ。二人の子どもたちはアメリカの大学に留学しているため、物凄くお金が掛かる。剛史は劇作家なので収入は安定していない。綾子の収入がなくなれば、田尻家の家計は一気に悪化する。

急に寒気がして綾子は自分の腕を擦った。

二

酷い顔をしている。

鏡に映った自分の顔に綾子はうんざりする。

今日は泣いてばっかりなため瞼は腫れているし、目の下のファンデーションがよれてしまっていた。何度かリタッチしたのだが、技がないせいか元には戻せていない。

キラキラ・アフタヌーンへの綾子の出演は、今日が最後となった。放送中は泣かないと決めていたのにダメだった。生放送の三時間、泣き通しと言っていいぐらいの状態になってしまった。今日はリスナーからいつもの何十倍ものメールが届いた。綾子への労《ねぎら》いの言葉をたくさん受け取った。そうしたメールを紹介する時、涙を堪えることは出来なかった。

そして涙声で、リスナーに感謝と別れの言葉を告げて番組を終えた。

それから局の近くのレストランに移動して、打ち上げが始まった。忘年会や新年会などでいつも利用する店だった。

打ち上げが始まって三十分ぐらい過ぎたところで、綾子は席を立った。そしてトイレに入ったところだった。

綾子はバッグの中からコンパクトケースを取り出した。パフでファンデーションをひと撫でしてから、それを目の下に押し当てる。

トイレに林万裕美《はやしまゆみ》が入って来た。

三十四歳の万裕美は、FM207の広告部で営業をしている。綾子のファンだと公言しスタジオに顔を出したり、こういう集まりに参加したりすることも多かった。

万裕美があっちこっちに鋭い視線を巡らせてから、綾子のすぐ隣に立った。

そして「私、真相を掴みました」と小声で言った。

「真相？」

真剣な表情で頷く。「綾子さんを番組から降ろそうと企んだのは菅家でした」

「えっ？」

「社長秘書とか、取締役とか、当たれるところに探りを入れてきたんですけど、やっと真相が分かりました。菅家が画策したんです。入江真澄《いりえますみ》をキラキラ・アフタヌーンのパーソナリティーにさせたくて、社長や取締役たちを説得したんです。若い女性パーソナリティーにして、番組を若返らせましょうとかなんとか言って。最初は社長も取締役たちも、乗り気じゃなかったそうなんです。入江真澄なんて無名に近いし、実力がどれほどのものかも分からないですしね。でも菅家が猛プッシュしたらしいんです。それで君がそこまで言うならってことになったたって話です」

「……それ、本当なの？」

「残念ながら本当です」

それが本当なら……酷い。菅家を仲間だと思っていた。いい番組にするために頑張っている、仲間のうちの一人だって。まさかそんな理由で仲間から裏切られるなんて、思ってもいなかった。むくむくと口惜しさが胸に湧き上がってきた。

綾子は先にトイレを出て打ち上げ会場に戻った。

番組が貸し切っている部屋は八十平米ほどの個室で、四人掛けのテーブル二十個ほどが、あまり距離を開けずに配置されている。白とペパーミントグリーン色のストライプ柄の壁紙が使われていて、ポップな印象の部屋だった。席はほぼ埋まっていた。

番組が初めて開いた親睦会はここではなく、居酒屋が会場だった。番組がスタートして一ヵ月後ぐらいのことだった。

綾子が居酒屋に着くや否や、山王丸社長が耳元で囁いた。「ビール瓶を持って全員に酌をして歩け。酌をして支えて貰って感謝しているという気持ちを、全員に伝えるんだ。必ず全員にだぞ。スタッフや関係者たちに気持ち良く働いて貰えなきゃ、いい番組には育たない。不満をもってるスタッフがいないか、目配りするのも仕事のうちだからな」と。綾子は山王丸社長の指示通りにした。

それから二十二年間、綾子は宴席では必ず全員に酌をして、日頃の感謝を伝えて来た。

初めての親睦会で、アドバイスをしてくれた山王丸社長は自宅療養中で、今日は来ていない。門田は退職したので、綾子の事務所の人間は誰も出席していない。

スタッフの顔ぶれはこの二十二年で随分と変わった。定年で退職した人もいたし、異業種に転職した人もいた。こうしたすでに番組から離れている人たちのうち、二十人ほどが二次会の店に来てくれると聞いている。

綾子は部屋の隅のテーブルに並んでいる、ビール瓶に手を伸ばした。

その時、背後から「綾子さん」と声を掛けられた。

振り返ると、テロテロした生地のシャツを着た菅家がいた。

菅家が言う。「いやぁ、残念ですよ。本当に。俺にもっと力があったらと思います。そうしたら上の決定を覆せたかもしれないですからね。力不足で申し訳ありません」

口惜しそうな顔をする菅家を、綾子は呆気に取られながら見つめた。

三

看護師が言った通りだった。

綾子が入院中の山王丸社長の病室を訪れると、ベッドは空っぽだった。隣のベッドの患者に点滴をしていた看護師が「山王丸さんなら渡り廊下にいるかもしれませんよ」と教えてくれた。そこで三階にある、入院棟と外来棟の間を繫ぐ渡り廊下に来てみたら、車椅子に乗った社長を発見したのだった。

渡り廊下の壁面はガラス製で、一階の植栽や花壇を見下ろせる。右方向には車寄せに並ぶタクシーの列も見えた。

綾子は「社長」と声を掛けた。

社長が顔を捻って綾子を認めると、驚いたような顔をした。「よくここにいることが分かったな」

「看護師さんが教えてくれました」

「ということは、俺がここにいるのを看護師さんは知ってるってことか」嫌そうな表情をした。

「そのようですね。ダメなんですか？　知られるのは」

「嫌だよ。居所がバレてるっていうのはさ。逃げてるつもりで、逃げてないってことだろ？　すぐ捕まっちゃうじゃないか」

「なにから逃げたいんです？」綾子は尋ねる。

「現実」

綾子が黙っていると、「いいだろ、現実から逃げたって」と社長が拗《す》ねたような口調で言った。

六十二歳の社長はぎょろっとした大きな目をしている。少し体重が落ちたせいか、その目がまた一段と大きくなったように見える。浅黒い肌の持ち主だと思っていたが随分薄くなっていた。好きだったゴルフで日焼けしていただけで、本来はこの程度だったのかもしれない。五年前に奥さんが病死し今は一人暮らしをしている。去年息子夫婦に孫が生まれたと言って、大喜びをしていた。

あれは綾子が大学生の時のことだった。その日、バイトでイベントの司会をしていた。ショッピングセンターで開かれていた、カラオケ大会の司会を終えた時、真っ黒な顔をしたオジサンに声を掛けられた。そのオジサンは「テレビ局のアナウンサーを目指して就活するんだろうが、どこも入れなかったら、うちにおいで」と言って名刺を出した。そこに

〈芸能事務所　オフィスサークル　社長　山王丸俊輔〉と書かれてあった。

結局、就活は全滅で、テレビ局に入れなかった綾子は社長に連絡をした。そして大学を卒業後オフィスサークルに所属した。

社長が尋ねる。「石井《いしい》さんと連絡は取れたか？」

頷いた。「頭の中に入れておくって」

不満そうに口を歪めて「あんたの頭の中に入れなくていいから、番組をくれって話だよな」と言った。

綾子の次の仕事は決まっていない。キラキラ・アフタヌーンの司会を降ろされると、知らされたのが急だったし、社長は入退院を繰り返している状況で、しっかりした営業活動が出来ていない。

先週、社長からディレクターの石井に営業しろと、綾子は指示を受けた。綾子は石井と十年ぐらい前に仕事で知り合い、二人だけで何度か飲みに行ったことがあった。それを社長が思い出し、綾子から営業を掛けるようにとの命令が出たのだ。友情を絡めて営業した方が有利に働くと、社長が判断したからだが、体《てい》よくあしらわれてしまった。

社長が確認した。「ちゃんと売り込んだのか？　またバカ正直に言ったんじゃないだろうな。次の仕事がなくて困ってるんでなにか仕事ないですか、とかだよ」

「………」

「そんな営業してはダメだと言っておいたろ。軽く扱われてしまって、安く買いたたかれてしまうんだよ、そういう話のもって行き方じゃ。綾子は二十二年も昼の帯番組で、パーソナリティーを務めてきたんだからさ、そのキャリアをしっかり伝えて、尚且つ、丁度今なら番組から卒業したばかりなので——ここ、大事だからな。クビになったんじゃない。綾子は卒業したんだからな」と念を押す。「卒業したばかりなので、今なら仕事を受けられるタイミングなんですよと、今だけ特別に奇跡的に空いている時期なので、チャンスなんだと、向こうに思わせるのがキモなんだ」

そんな高度な技を私が出せる訳ないじゃない。大体この大事な時に、病気になってる社長がいけないのに。

綾子は言う。「難しいです、私には」

顔を顰めた。「石井さんと飲みに行ったことがあるって言っていたから、なんとかイケるんじゃないかと思ったんだが……綾子には難しかったかぁ。そうだよなぁ。綾子は無駄に正直だからな」

そんなにがっかりした顔をしなくたっていいのに。社長は昔っから私を無駄に正直だと言って非難する。

オフィスサークルに所属してしばらくは、単発の仕事をしていた。クラシックコンサートの司会、呉服即売会での司会、ペットコンテストの司会など様々な仕事をこなした。

二年ほど経った頃、社長がテレビの仕事を取ったぞと興奮気味に言った。綾子は驚いたがよくよく話を聞いてみれば、食レポで二、三分露出するだけの仕事だった。そんな程度ではあっても、綾子にとっては大チャンスであったし、その仕事を取って来た社長に感謝をした。

事前に台本を貰おうとしたが、社長からそんなものはないと言われた。不安を抱えながら現場に向かった。

台本はなかったが綾子が言うべき言葉は、ディレクターが口頭で指示してくれたので、その場で覚えて口にした。そうやって撮影をこなしていった。

「それじゃ、次は食べるシーンね」とディレクターが言った。「ひと口食べてカメラに向かって三十秒で感想を喋って」という指示が出た。

綾子はなんて言えばいいのですかと尋ねた。すると、ここは正直に感想を言ってくれればいいからと、ディレクターは答えた。

困ったなと綾子は思った。味を表現する言葉を、どれだけ思い付けるだろうかと心配になり、普段からもっと勉強しておくべきだったと後悔した。

カメラが回り出した。

綾子はオムライスをひと口掬った。そして口に入れて咀嚼した。

口を動かしながらパニックを起こし掛けた。

そのオムライスは全然美味しくなかったのだ。ライスはベタベタだし、トマトケチャップの味しかしない。上に載っている卵焼きも乾燥していた。

ごくりと呑み込み口の中は空になったのに、言葉は全く浮かんでこない。美味しいとは言っちゃいけない気がした。それは嘘だから。嘘を吐かなくても済むように、いい点を必死で探すのだが見つけられない。

なかなか口を開かない綾子に、痺れを切らしたディレクターがカメラを止めた。

ディレクターが話し出す前に、同行していた社長が言った。「初めてのテレビで緊張しているようです。申し訳ありません。今、リラックスさせますんで」と。

そして綾子の隣に来た社長が小声で「どうした」と尋ねた。

綾子が事情を説明すると、「お前はバカか？」と社長は呆れたような顔をした。

社長は「どんなに不味《まず》くても美味しい、ふわふわ、とろける、懐かしい味、この単語を上手く繋げて三十秒で喋れ」と綾子に命令を下した。

「でも嘘は」と綾子は言い掛けたが、社長に「四の五の言うな」と遮られた。そして「芝居だと思え。四つの単語を使って台詞を言う仕事だと思え」と言われた。

綾子は泣きそうになりながらも、四つの単語を使ってなんとかカメラの前でコメントした。だがそれは棒読みだと言われ何度もやらされた。三十回目ぐらいに、なんとかディレクターからOKを貰えたが、酷い出来だったのだろう。オンエアでは綾子のコメントは、すべてカットされていた。黙々と食べている姿だけが映り、そこに番組の女性ナレーターの声で、味についての説明が被せられていた。

社長にはこっぴどく叱られた。その正直さは無駄だとも言われた。そしてこれからも喋る仕事をしたいのに、嘘を吐けないなどと言うのならば、いいところを素早く見つけて、コメント出来るだけの技量を身に付けるか、言い方を研究しろと指導を受けた。甲子園で試合を終えた後の、高校野球部の監督インタビューを見て、勉強しろとも言われた。大差で勝った監督であっても、相手チームをとても上手に褒めるぞ。見習ってコメント力を上げろとの命令だった。

それからおよそ三十年。そうした技量が少しは身に付いていればいいのだけれど……。

社長が右手で自分の左腕を掻いた。

その拍子に薄い水色のパジャマの袖口から、名前が書かれたリストバンドが覗いた。

いつも金ぴかの腕時計をしている人だったのに。急に寂しさに襲われた。オフィスサークルの社長だが、ここではただの患者なのだということが胸にきた。

社長が口を開いた。「俺はこんなだから、ちゃんとした番組を取るには時間が掛かると思うぞ。だがそれじゃ、生活が大変だろ？」

「夫婦だけなら蓄えでしばらくは生活出来ますが、子どもの留学費用が結構するので、それを支払い続けられるかが心配です」

「だったら次のレギュラーが取れるまで、バイトでもするか？」

びっくりして聞き返した。「バイトですか？」

「結婚式の司会ならすぐに紹介出来るんだ。正直者でも問題なく出来る仕事だ」

結婚式の司会……。

社長が続ける。「適当な別の名前でも使ってさ、キラキラ・アフタヌーンの田尻綾子だとは、分からないようにすればいい。ずっとラジオだったから顔バレはしないだろう。声を聞いて綾子だと分かる人はまずいないだろうから、キャリアにも傷は付かないぞ。浮かない顔だな。ずっとしろと言ってるんじゃないぞ。一時的なバイトだ」

二十二年掛けて築き上げたと思っていたものは、菅家によって呆気なく終わらせられてしまった。そして次の番組は決まらず、バイトを検討する羽目になるなんて……会社員じゃない私は、とても不安定な形態で仕事をしている自覚はあったけれど、番組が長く続いていたから、油断していたのかもしれない。もっと家計を引き締めて貯金をしておけば良かった。昨日銀行口座の取引明細を見た時には、寒気に襲われたし。支払いの欄からは様々なものがどんどん引き落とされているのに、預かりの欄にはなにもなかったから。

綾子はふうっと長い息を吐いた。

四

綾子はマイクを握りしめて言う。「S区議会議員候補の津守栞《つもりしおり》、津守栞でございます。皆様のご支援を賜りたく、津守栞本人が車の中からご挨拶をさせて頂いております」

助手席の栞が、白い手袋をした手を窓外に出して振った。

だが歩道を歩く人たちは選挙カーに一瞥もくれない。

綾子は昨日からウグイス嬢のバイトを始めた。山王丸社長が知り合いから、ウグイス嬢を探しているという話を仕入れたのだ。結婚式の司会の仕事を渋っていた綾子に、だったらこっちをやってみてはと社長は言った。候補者の紹介ならば嘘を吐く必要はなさそうだし、用意された台本の通りに言えばいいんだろうから、初めての綾子でも充分に出来るよと勧めてきた。綾子の声は万人に好かれるものだし、語り口が落ち着いていて説得力があるのだから、意外とウグイス嬢に向いているんじゃないかと、無責任なコメントまでしていた。

S区の区議会議員二名が贈収賄事件で起訴されて失職した。この補欠選挙に栞は無所属で初出馬するという。

栞は綾子と同い年だった。弁護士の栞はこれまで政治活動をしたことはなく、選挙に不案内な上に、政党のサポートを受けていないので、なにをやったらいいのかさえ皆目分からず、大変なことになっていますと説明してくれたのは、彼女の弟の宮原宏尚《みやはらひろなお》だった。宏尚は栞の弁護士事務所で、秘書として長年働いているらしい。

面接場所は栞が開業している弁護士事務所の隣室だった。

ウグイス嬢の経験がないため、不合格になるだろうと綾子は予想していたが、人手が足りなかったようで採用された。

挨拶するために宏尚に連れられて栞の執務室に入ると、彼女はパンツスーツ姿で腕立て伏せをしていた。

宏尚と綾子は、栞の腕立て伏せが二十回終わるまで、立ったまま待たされた。それから栞は立ち上がり「よろしくね」と元気よく言った。その力強い声は低音で掠れていた。

選挙カーが赤信号で停まった。

運転席の宏尚が、パワーウインドーのスイッチを押して、自分の横の窓を少し下げた。

後部座席の綾子は犬を散歩中の男性に目を留めた。「S区議会議員候補、津守栞も毎日トイプードルとこの街で散歩をしています」

選挙カーのルーフに取り付けた四台のスピーカーから、綾子の声が辺り一帯に響き渡る。

男性が飼い犬から選挙カーに視線を移した。

栞が男性に向かって手を振る。

綾子は言う。「津守栞は動物にも人にも優しい街づくりを、目指して参ります。どうかあなたの一票で津守栞を区議会に送ってください」

男性は戸惑ったような表情を浮かべた。

信号が変わり選挙カーがゆっくり発進した。

歩道の先にベビーカーを押す女性を発見した綾子は、すかさず声を発した。「S区議会議員候補、津守栞もこの街で子育てをして参りました。仕事と育児の両立を頑張ってきた津守栞は、子育ての大変さを知っております。経験者だからこその視点で、子育て世帯を全力で支えて参ります。津守栞本人が車の中からご挨拶をさせて頂いております」

女性はベビーカーを押しながら、顔だけを選挙カーに向けた。そして強い視線を栞に向けた。

栞が手を振る。

選挙カーは女性の横を走り過ぎた。

少し先にウオーキング中の女性二人の背中が見えた。

綾子は言う。「S区議会議員候補、津守栞は今年フルマラソンを完走しました。津守栞本人が、車の中からウオーキング中のお二人に、エールを送らせて頂きます。目標に向かって、努力を続ける大切さを分かっている津守栞を、どうぞ区議会で働かせてください」

選挙カーが彼女たちの横に並びかけた。

すると二人は選挙カーに向かって手を振った。

栞はそれまで以上に激しく手を振って応えた。

二人の姿が見えなくなると、栞は首を後部座席に捻った。「綾子さん、アナウンスがとっても上手ね。押しつけがましくないのに、ちゃんと相手の耳に届く話し方って凄いわよ。それに今のアドリブでしょ？　とってもいいわ。有り難う」

綾子はまさか褒められるとは思っていなかったので、驚いてしまい「いえ、はい、どうも」などとごにょごにょと答えた。

選挙アナウンスの台本は、ウグイス嬢自身で用意して欲しいと言われた時には、話が違うと焦った。サンプルさえもないと宏尚から言われて困った綾子は、剛史に相談した。

すると「よし。僕が最高の台本を書こう」と腕まくりをした。そしてすぐにパソコンに向かって、楽しそうにキーボードを叩き出したので、仕事の邪魔をしているのではと心配になり、無理しないでねと声を掛けた。すると剛史は「今、戯曲のオファーはないから暇なんだ。だから大丈夫だよ」と答えたので、最初のとは違う心配で胸がいっぱいになった。

剛史は栞の公式サイトやSNSなどを調べて、台本を作ってくれた。そこに書かれた台詞の練習を自宅でしていたら「綾子はウグイス嬢に向いているかもしれないな」と剛史は社長と同じようなことを言った。正直に誠実に話しているように聞こえて、候補者に有利に働きそうだからと、その理由をコメントした。

綾子はラジオのパーソナリティーの仕事の時と、語り口を変えようとは思っていなかった。そもそも複数の喋り方をもっているような、器用な話し手ではなかった。だからこれまでと同じように、丁寧に分かり易く話をしようとしているだけだった。

剛史はたくさんのバージョンの台本を作ってくれたが、すべてのケースを網羅出来るはずもない。アドリブで対応しなくてはいけない場面もあった。そんな時には胸がドキドキしてしまう。暇だからなのか剛史は綾子がウグイス嬢を始めると、昼の弁当を作ってもたせてくれるようになった。だが剛史はそそっかしい。今日のお握りでは塩を使うのを忘れたようで、テンションが下がるほど不味かった。

宏尚が選挙カーを時間貸し駐車場に入れて、エンジンを切った。そしてシートベルトを外すと、タブレットの画面を栞と綾子に見せた。

そこには地図が映っていた。

宏尚が地図の中の一ヵ所を指差す。「今いる場所がここですね。で、車を降りてこの商店街を歩きます。綾子さんはマイクを持って、姉の後ろを歩きながらアナウンスをお願いします。携帯用のスピーカーは僕が持って歩きますので、綾子さんはマイクだけでオッケーです。商店街の中央付近にあるここ、この美容院がゴール地点です。ここは僕の高校時代の同級生がやってる店なんです。店の前にお立ち台を用意してくれているはずです。そこに姉が上って十五分演説をします。綾子さんは姉の演説中は横に立って、前を通る買い物客たちに手を振ってください。姉の演説が終わったら、商店街を歩きながらこの車に戻ります。綾子さんはアナウンスをしながら姉に続いてください。宜しいでしょうか？」

「はい」と綾子は答えた。

宏尚が栞に顔を向けた。「演説の時は勿論だけど誰かと話をする時には、くれぐれも言い方に気を付けてよ。気に入らないことを言われても怒らない。ヤジにいちいち反応しない。ヤジを言った人と喧嘩しない。いいね？」

「なによそれ」栞が不機嫌そうな顔をする。「喧嘩上等」

「だから」宏尚が言う。「そういう喧嘩する気アリアリの態度は良くないって」

「売られた喧嘩は買わなきゃ。そうでしょ？」と言って栞が後部座席の綾子に顔を向けた。

えっ。どうして私に聞くの？　なんて答えればいいのか分からない。

宏尚が口を開いた。「綾子さんにフルなよ。困ってるじゃないか。選挙中なんだからやる気とか、熱いところを見せるのはいいけど、冷静なところも見せないと。大人なところをさ。動画の生配信の時みたいに、質問者を言い負かしたりしないでよ。法廷じゃないんだからね。係争相手じゃない人に勝とうとする必要ないだろ」

栞が反論する。「なに呑気なこと言ってんのよ。この世はね、常に勝負なの。大人しく待っていたら幸せになれるとでも言うの？　違う。戦うの。平等も平和も家庭も、幸福も仕事も戦って手に入れるものでしょうが。一生懸命真面目にやってたって、負けたら失ってしまうんだから」

栞の言葉が綾子の胸に突き刺さった。栞が言う通りなのかも。私は負けてしまったから番組を失って、ウグイス嬢のバイトをしている。戦えば良かったのか……でもどうやって？

栞が「さ、行くよ」と言って助手席のドアを開けた。

宏尚が「変える気ゼロなのかよ」と嘆いたが、栞はスルーして車から降りた。

そしてタスキに触れて位置を整えると、すぐに歩き出した。

綾子と宏尚は急いで車を降り、小走りで栞を追い掛ける。

黒のパンツスーツを着た栞は颯爽と歩く。黒のスニーカーで大きな歩幅でどんどん進んで行く。

栞がアーケード商店街の入り口に立ったところで、綾子はマイクのスイッチを入れた。

「S区議会議員候補、津守栞本人がE町商店街の店主の皆様、お買い物中の皆様にご支援のお願いに参りました」

剛史が作ってくれた台本に、商店街バージョンはなかったので、綾子は必死で頭を回転させてアドリブを捻り出す。

屋根付近にロープが張られ、そこから金魚やスイカなど、夏をイメージさせるイラストが描かれた旗が下がっていた。

商店街は夏を演出しているが、今年はまだそれほど暑くなっていない。

選挙期間中に梅雨が明けて夏本番になれば、この仕事が過酷な肉体労働になりそうで、綾子の気持ちはブルーになる。

小さなATMの前には行列が出来ていて、隣の八百屋まで続いていた。

栞はガシガシと音がするように前を歩く。迷惑そうな顔をする買い物客たちも多いが、栞はお構いなしにどんどん近付いて手を差し出す。渋々握手する人もいるが、逃げてしまう人もいた。そんな時でも栞はへこたれた様子は見せずに、次の人に手を差し出した。そして店の中にもずんずん入って行く。

綾子の隣を歩いていた宏尚が手を挙げた。

宏尚の視線の先には髪を金色に染めた女性がいた。

その人が目的地の美容院の店主だった。

店の前には選挙スタッフでSNS担当の、奥秋《おくあき》がすでにスタンバっていて、カメラを栞に向けている。

綾子からマイクを受け取った栞がお立ち台に上った。

金髪の女性だけが拍手をした。

聴衆はこの女性だけで、買い物客たちは足早に通り過ぎて行く。

栞が語り出した。「こんにちは。S区議会議員の補欠選挙に立候補しています津守栞です。私はS区で生まれてから五十二年間、ずっとS区で暮らしています。S中学校、S高校を卒業した地元の人間です。私は弁護士です。政治のことには正直関心がありませんでした。政治はその道のプロに任せておけばいいと考えて、弁護士の仕事を頑張ってきました。しかし二人のS区議会議員が、贈収賄事件で起訴されたと知った時、私は反省しました。もっと政治に関心をもつべきでした。自分の利益のためではなく、区民のために働いてくれる人を、区議会に送っておけば良かったと悔やみました。そういう人物を選べなかった反省を踏まえて、では次、誰に投票すればいいのかを考えてみました。見つけられませんでした。そこで立候補を決意しました。

空席は二つです。立候補しているのは五人です。私以外の四人は、それぞれ政党の手厚いサポートを受けています。この四人の立候補者の訴えを比べてみた方、いらっしゃいますか？　子どもを育て易い街に、高齢者が安心して暮らせる街に。全員が同じことを言ってます。考えてみてください。国会議員を選ぶ選挙でも候補者たちは皆、同じことを言っていますよ。子どもを育て易い街にして、高齢者が安心して暮らせるようにするって。これが本当ならどの候補が当選したって、全員が同じ考えなんだから、とっくの昔に、そういう世の中になっているはずじゃないですか？　そうなっていないのは、どうしてだと思いますか？　男たちを当選させているからですよ。男は一人だけだったら、ただの役立たずだから放っておいても無害なんです。しかし徒党を組ませてしまったら、碌《ろく》なことにはならないんです」

またそんなこと言っちゃって。

綾子はハラハラしながら栞の横顔に目を向ける。

違う言い方をした方が、角が立たないと思うんだけれど……それとも選挙演説というのは、これぐらいのことを言うものなのかしら。綾子はこれまで選挙演説をちゃんと聞いたことがなく、相場が分からなかった。

栞が続ける。「日本のジェンダーギャップ指数、何位だか知ってます？　これ、どれだけ男女が平等かの度合いを、調べたものなんですよ。百四十六ヵ国中、日本は百二十五位ですよ。恥ずかしいったらないですよね。当然主要七ヵ国で最下位です。いいんですか、こんなことで。どうして日本がこんなに暮らしにくいのか。それは政治の世界に女性が少な過ぎるからです。もっと女性に政治をやらせてみてください」

あっ。

買い物客たちが足を止め始めた。

栞の言葉が届いたの？

綾子は驚いて、栞の話を聞こうとしている女性たちを眺める。

栞が言う。「私は政党のサポートを受けていません。無所属です。だから政党の思惑通りに行動する必要がありません。自分の考えに従って行動出来ます。しがらみがないのが私の強みです。もし私が当選したらどうなると思いますか？　残念ながら私一人ではなにも出来ないでしょう。当選する前から謝ります。申し訳ありません。一人では無理です。民主主義の世界では、多数決で物事を決めることになっているからです。たとえ私の意見が正しくても、多くの議員を抱える政党の人たちが賛成してくれなければ、一つも提案は通らないでしょう。なにも変えられないし、出来ない。そう分かっているのに何故立候補するのか。そう思いましたか？

説明させてください。私は弁護士として依頼人が勝つよう、精一杯戦ってきました。政治家になっても精一杯戦います。私の政策提案に賛成して貰えるよう、他の議員を説得して歩きます。その姿を動画で配信します。区民の皆さんにまっとうな政策が実現しない様子を、ありのままにお見せします。なにがおかしいのか、どこで頓挫させられてしまうのか、誰が横槍を入れてくるのか、そうしたことをすべて披露します。S区の政策決定機関で起こっていることを、すべてさらけ出します。公開したその動画を、区民の皆さんが見ていることが分かれば、S区の議員たちが変わる可能性があるのではないか。これによって議会が変わる可能性があるのではないか。そう考えました。私はそれに賭けたい。これを実現するためには、まず私が当選しなくてはなりません。津守栞に一票をお願いします」

栞が深々とお辞儀をした。

すると傍聴していた三、四十人程度の聴衆から拍手が起こった。

拍手をしている全員が女性だった。年齢は様々だ。ベビーカーの背後に立つ二十代ぐらいの人。曲がった腰をして、シルバーカーに縋《すが》るようにしている七十代ぐらいの人。車椅子に乗る四十代ぐらいの人もいた。

皆、感動したといった表情はしていない。興奮もしていない。悪くないんじゃない？　そんな程度の賛同を、拍手で表明しているように綾子には感じられた。

悪くない。綾子もそう思う。当選する前からなにも出来ないと謝ってしまうのは、ちょっとびっくりだけれど、やりますと宣言してしまう嘘臭さいっぱいの演説より好感をもてる。もし私がS区の住人だったら、栞に一票入れるんじゃないかな。そういう女性がたくさんいたら……いて欲しい。そうしたら栞は当選出来るから。

綾子は隣の宏尚へちらっと目を向けた。

物凄く心配そうな顔をしていた。

五

しんみりした口調で剛史が言う。「戻りガツオは旬の時期なのに高いな」

綾子はスーパーの鮮魚売り場の棚に並ぶ、カツオに目を向けた。「そうね」

「鰻は昔からこんなに高かったか？」

「年々上がっている気がするわね」

「食費を抑えるには知恵を絞る必要があるな」と剛史が真剣な顔で言った。

綾子と剛史は二人で自宅近くのスーパーに来ている。

ウグイス嬢のバイトは終わり、次の仕事が決まっていない綾子は、同じように次の仕事が決まっていない剛史と連れ立って、安さが売りの店に買い物に来たのだ。

栞は下馬評を覆して当選を果たし、S区議会議員になった。

剛史が明るい声を上げる。「はんぺんが安くなってるぞ。一枚百二十八円が、今日だけ九十八円だって。今夜ははんぺんにするか。バターで軽く焼いて醬油を掛けたら旨いよな」

「そうね。それじゃ、まとめて買っておこうか。冷凍すれば日持ちするんじゃない？」

「そうだな。九十八円のメインディッシュは有り難いもんな」

剛史が嬉々としてはんぺんに手を伸ばす。そしてショッピングカートに移す時に、一つを落としてしまう。

綾子は屈んでそれを拾うとカートに載せた。

そそっかしいせいなのか剛史はよく物を落とす。

剛史との出会いは祭りだった。友人に誘われて待ち合わせ場所に行くと、十人ほどが集まっていた。その中に剛史がいた。

全員が揃うと皆で祭りに繰り出した。剛史は焼きそばを食べている時に皿ごと落としたり、買ったばかりの面を落として、失《な》くしてしまったりしていた。そのドジっぷりは仲間たちから愛されているようだった。剛史が失敗すると、周りが和むからなのかもしれないと綾子は思った。

ビールを自分の浴衣に零した剛史に、大丈夫ですかと綾子は声を掛けてハンカチを渡した。

すると剛史は嬉しそうな顔で有り難うと言った。それはとても心の籠った言い方の有り難うだった。

そして剛史は「そそっかしいお蔭でこれを洗って返すからと、綾子さんを誘う口実をゲットしました」と言ってにまっと笑った。

釣られて綾子も笑ってしまった。

初めてのデートで剛史は自分がバツイチなこと、元奥さんは舞台女優だったこと、子どもはいないことを綾子に告げた。

そそっかしくて有り難うを言うのが上手な人と、綾子は結婚した。

綾子と剛史は精肉売り場にカートを向ける。

店内には親子連れの客が多い。学校が夏休み中だからだろう。揃いのワンピースを着た姉妹らしき女の子たちが、ワゴンの前に立っている。

二人ともよく日に焼けている。

姉と思われる子が、ワゴンに並んでいたウインナーの袋を一つ持ち上げると、少し離れたところにいる女性に「これ？」と大きな声で尋ねた。

田尻家の今年の夏休みは移動なしとなった。例年は夫婦でアメリカに行くか、子どもたちが帰国して家族で一週間ほど過ごすのだが、今年は飛行機代をケチり集合するのを止めた。子どもたちは現地の友人たちと過ごすと言っていた。

クリスマスの頃には、先の見通しが立つような状況になっていて欲しい。心置きなく飛行機を使って家族で集まれますように。

綾子と剛史が、値段が安い挽き肉を買おうか検討していると、彼のスマホにメールが入った。

剛史は眼鏡を鼻から外して額の辺りまで上げると、目を細めてスマホ画面を見つめた。

綾子は餃子の皮の値段を確認してから、一袋を手に取る。

渋い表情になった剛史が、スマホをチノパンのポケットに戻した。

綾子は「良くないメールだったの？」と尋ねる。

小さく頷いた。「十二月に予定していた公演が、来年の三月に延期になったって」

「それって、剛史に支払われるお金も先になるってこと？」

「この舞台の場合はそうなる」

綾子と剛史は同時にため息を吐いた。

フリーランスの大変さって、こういうところ。出来とか、自分の努力とか、そういうのとは全然関係ないことで、お金を貰える時期が変わってしまったりする。

剛史が言う。「いざとなったらバイトするよ。贅沢を言わなきゃ、人手不足の今だったら働き口はあるだろう。若い頃はいろんなバイトしたんだよ、僕。バイト運はあってさ、勤め先の人たちは皆いい人ばっかりだったな。僕がドジっても許してくれた。こう見えてクビにされたことは一度もないんだよ」

「仕事はあるかもしれないけれど、問題は貰える金額でしょ。二人の子どもたちの留学費用を、賄えるだけのお金を貰えるバイトってあるかしら」

「……………」

黙ってしまった剛史を綾子はぼんやり見つめた。

フリーランス同士の夫婦の生活は、なんて不安定なんだろう。

その時、綾子のスマホに電話が入った。

画面には見知らぬ番号が表示されている。

綾子は剛史に断ってからスマホを持って、店の外に出た。ガラス製の自動ドアの横に立つ。

スマホを耳に当てて名乗ると、掠れた声が聞こえてきた。

「津守栞です」

びっくりしたものの「こんにちは」と声を発した。

「今、話して大丈夫？」

「はい」

「実はね、今日はお願いがあって電話をしたの。お蔭様で区議会議員になったでしょ、私。テレビや雑誌から取材の申し込みがいくつかきてるの。弟がね、私が取材者にどういう話し方をするのか心配してて、なんだかんだ言ってきて煩いのよ。それでね、綾子さんに話し方のレッスンをお願い出来ないかと思って、連絡したの」

想定外の話に綾子は「話し方のレッスンですか？」と繰り返して確認した。

「そう。私ね、選挙活動をしていた時に、綾子さんの話し方に感心してたの。ちゃんと主張はするけど嫌われない話し方でしょ、綾子さんは。そういうの、私に必要だなと思って。勿論レッスン料をお支払いするわ」

レッスン料という言葉に身体が反応した。

綾子は気が付いたら「お役に立てるのであれば、やらせて頂きます」と口にしていた。

六

綾子は栞に説明する。「私をテレビ局の取材者だと思ってください。取材者がするであろう質問を私からしますので、まずは栞さんの言葉で答えてください。その様子を録画しておいて後で振り返りながら、よりよい話し方を探っていきましょう」

「オッケー。よろしくね」と栞は答えた。

弁護士事務所の中にある栞の執務室は、十畳程度の広さがあった。窓を背にした位置にデスクがあり、その前に楕円形のテーブルと椅子が置かれている。

そのテーブル席に座る栞は、白いTシャツにベージュの麻のパンツ姿だった。

栞の向かいに座った綾子は、カメラの録画ボタンを押してから質問する。「どんなお子さんでしたか？」

「子どもの頃?」と目を見開いた。「そっか。そういう質問も出るかもしれないのね。そうねぇ」

しばらくの間考えるような表情をしてから「よく喧嘩する子でした」と栞は言った。

「腕力は使わずに口を使った喧嘩ですけど」

栞の声は低音で掠れているため凄味がある。更に口にする言葉に過激なものが多いので、少し怖いぐらいだった。

宏尚からは万人に好感をもたれるような話し方を、アドバイスして欲しいと言われているのだけれど……大変な仕事になりそう。

綾子は尋ねた。「他にはなにかありませんか?」

「他に?」

「子どもでも色々な面をもっていると思うんです。喧嘩するという面とは別の面についても、教えて頂けますか?」

栞が真剣な顔をする。

「勉強はどうでしたか?」と綾子は助け舟を出す。

「勉強は好きでも嫌いでもないという感じだったわね。成績も中ぐらいだったし」

「運動が得意だったとか、よく本を読んだとか、そういうのはありませんか?」

ぱっと顔を輝かせてから言う。『シンデレラ』を読んでイラっとするような子だった。

でした。シンデレラは継母《ままはは》や継姉《ままあね》たちに苛められても戦わないし、王子様といい感じになったのに、なにもしないで逃げ帰っちゃいますよね。その後もシンデレラはなにもしません。王子様が捜し出してくれたから、ハッピーエンドになってますけど、読み終わった時、シンデレラにあんたはなにをしたんだって、聞きたくなりました。自分の幸せを運任せにしてんじゃないよって、思う子どもでした」

「……そうでしたか。それでは次の質問です。ご両親はどんな方ですか？」綾子は尋ねる。

「喧嘩っ早い私を面白がってくれる親でした。怒られた記憶ないんですよ。どうしてなになに君を泣かしたんだって親が聞くので、これこれこういう理由で、相手の間違っている点を指摘して、改めるように注意したら泣いたと私が説明すると、そうかと納得して終わり。そんな両親でした。もう二人とも他界しましたけど」

「弁護士を目指したのは、なにかきっかけがあったんですか？」

「私が中学生の時に父に勧められたんです。私がしょっちゅう喧嘩をしていたからでしょう。合法的に喧嘩が出来るまっとうな仕事が一つだけあるぞと、父が言い出したんです。なにって聞いたら弁護士だって。それで弁護士に興味をもつようになりました」

綾子は「一度止めますね」と言ってカメラのストップボタンを押した。「確認させてください。宏尚さんから万人に好感をもたれるような話し方を、教えて欲しいと言われました。栞さんからも主張はするけれど、嫌われない話し方を学びたいと言われました。それで間違いないでしょうか？」

大きく頷く。「そうよ」

「栞さんの回答はとても個性的ですから、映像を見た人に強い印象を与えます。話し方で印象を、少しだけソフトにすることは出来るかもしれませんが、万人に好感をもたれるとか、嫌われないようにというご希望に沿えるかどうか……」

「あら。もうギブアップ？」

だって無理だもの。お金が欲しくて受けた仕事だから、頑張ろうと思っていたけれど、ハスキーボイスで喧嘩っ早かったと言う人に、好感をもたせるなんて。

栞が提案する。「違う表現にしたら？　それだったら印象が良くなるんじゃない？　嘘は吐かない。ただ違う言い方にするの。だったらどう？」

「違う言い方を受け入れて頂けるのでしたら、印象を変えられるかもしれません。そういうことは長年してきましたので、コツは分かっていますから」

綾子は少しの間、頭の中で考えを整理してから口を開いた。「例えばどんなお子さんでしたかという質問には、不正を見つけると、相手が誰であっても黙っていられない子どもでしたと、答えてみてはいかがでしょう。弁護士を目指したきっかけを尋ねられた場合は、私の正義感の強さを、活かせるのは弁護士だと父から言われて、興味をもつようになりましたと答えます。聞いた人の印象は、大分違ったものになるのではないでしょうか。嘘は吐いていません。表現を変えただけです」

「凄い、凄い」と手を叩いた。「なるほどねぇ。物は言いようって言うけど本当にその通りね」

その時、デスクの電話が鳴り、栞が「失礼」と断って立ち上がった。

誰かと日程調整をした栞は受話器を置くと席に戻った。

栞が言う。「失礼しました。うちの事務所は今、お盆休み中なのよ。スタッフは出勤してないんだけど、なんだかんだと仕事はあるもんだから、弟だけ出てきてて一人でてんてこ舞いしてるわ。こんな時期に来てくれて有り難う。夏休みの予定があったんじゃない？」

「いえ。今年はどこにも行く予定はありませんし、お墓参りは昨日済ませましたので」

去年の夏休みには、ニューヨークで一週間家族で過ごした。一年後に仕事がなくなるとは、考えてもいなかった綾子たちは買い物をし、ミュージカルを観て、豪華な食事に舌鼓を打って、散財をして夏休みを満喫した。剛史がホテルのカードキーを失くしてしまった時には、いつものように「パパー」と皆で声を揃えた。剛史にカードキーを担当させた、息子の健吾《けんご》のミスだという話に落ち着いた。そしていつものように皆で笑った。あれが楽しかった最後の思い出と、なったりしないといいんだけれど。

綾子は尋ねる。「栞さんは夏休みはどこかに……今年はお忙しいですかね？」

「今年だけじゃなく、これまでも家族で夏休みに旅行なんてあったかしら……一度か二度ぐらいはあったかもね。うちはね、貧乏だったの。でも両親は貧乏をあまり気にしていない風だったわね。中学生の頃から近所の喫茶店でバイトしてたのよ、私。お小遣いを貰えてなかったから、長い夏休みは稼ぎ時でしょ。だから働きまくってた。高校生になると新聞配達のバイトをして、せっせと貯金をして大学の入学費用にしたの。大学生になると家庭教師のバイトもするようになったから、忙しくしているうちに、夏が終わるといった感じだったわ。弁護士になると金銭的には楽になったけど、母に介護が必要になって毎日忙しくしてたから、旅行どころじゃなかったし。結婚して、子どもが生まれて、更に忙しくなって、父まで介護が必要になって——旅行に行ける状況じゃなかったの、ずっと」

「そうだったんですか」

「でも娘はそれじゃ可哀想だから近場の遊園地とか、水族館とか、映画館に連れて行ってお茶を濁したの。旦那もなかなか長期の休みは取れなかったしね。夏休みに長期休暇を取って家族で旅行なんて」一つ息を吐いた。「私にとっては夢のまた夢」

栞は苦労してきた人だったんだ……もっと恵まれた環境で、すいすいと楽に上り詰めた人なのかと思っていた。選挙演説ではこんな話を全くしていなかった。それに家族で旅行することは、とても贅沢なことだった……私は恵まれていたのね、去年までは。

綾子は録画ボタンを押した。

そして質問を再開する。「座右の銘はなんですか？」

「最後まで戦う」

「選挙中に対話集会で有権者と喧嘩したそうですね」

「売られた喧嘩は買います」

「旦那さんとの馴れ初めは？」

「やだっ。そんなことも聞かれる？　そう。えっとね、中学の同級生だったのよ。同級生だったんです。特に親しくはなかったんですが中学の卒業式の日に、彼が自分が医者になったら、付き合ってくれないかと言ってきたんです。唐突ですよね。彼の成績は酷くてクラスの下の方でしたし、勉強以外のことでも、頭がいいと感じたことはなかったので、絶対医者になれないだろうと思ったので、いいよと私は答えました。彼とは違う高校に進学したので、それっきりになりました。そんな言葉を交わしたことも忘れていました。大学生になって中学のクラス会に参加したら、彼も来てたんです。医大生になったんだって言われて、約束を思い出しました。ヤバいと思いましたよ。私との約束を励みに猛勉強したんだって言われて、これは一度付き合わないとマズいなと。それで交際が始まって、色々ありましたが結婚しました。これでどう？　どう言い換えるべき？」

「旦那さんとの馴れ初めはとても素敵なので、そのままでいいと思います」と綾子は答えた。

「素敵？　本当に？」と目を丸くした。

「はい。座右の銘が最後まで戦うというのも、そのままでいいと思います。栞さんは選挙中に戦うと宣言されていました。区議会で区民のために戦って欲しいと思って投票した人が、多かったから当選したのでしょう。皆さん、頼もしいと感じてくださると思います。ですからオッケーです」親指と人差し指で丸を作る。「ただ売られた喧嘩は買いますというのは、真顔で発言した場合、強い印象を与え過ぎてしまうかもしれませんね。仮にですが同じ言葉を笑いながら言った場合は、冗談と受け止めてくれる人もいるでしょうが、不謹慎だと感じる人が出る可能性もありますので、インタビューでこのフレーズは、使わない方が無難ですね。言い方を変えるならば——考え方が違う者同士が意見を出し合うことで、互いの見方を学べるので、議論の場を大切にしています。違う点や共通点を見つけ、歩み寄れる余地を探している時には、熱いディスカッションになることもありますが、建設的な討論は、これからも続けていきたいと考えています――と、こんな風にしてみてはいかがでしょう」

感心したような表情を浮かべて「あなた天才」と言った。

「いえいえ。次の質問にいきますね。どんな政治家になりたいですか？」

栞は急に真面目な顔になった。「いろんな考えの人がいて、いろんな人生があります。どんな選択をしても幸せになれるよう、制度を整えていくのが政治の役割だと考えています。政治家の役目は取りこぼしがないか、支援が偏っていないか、目配りをすることだと思っています。大きな視点と、当事者の視点の両方をもって、区民のために区議会がちゃんと動いているかを、点検するつもりです。動いていなければ、止まっている原因を取り除くことに全力で当たります。他の議員から賛同を得られなくても、区民のためになることならば、諦めずに戦い続ける政治家になりたいです」

なんだか……栞なら本当にやりそう。そう思わせてしまうのは栞の才能。政治家としても、弁護士としても、この才能は役に立つんじゃない？　きっとそう。頑張って欲しい。すごくそう思う。

綾子はコメントする。「いまの回答はとてもいいと思います。言い換える箇所は一つもありませんでした。話し方について一つアドバイスをさせて頂くと、質問されたらすぐに答えようとせずに、一拍間を空けてから話し始める方がいいですね。その方がちゃんと考えてから喋っているように見えます。それから話す時には背筋を伸ばして、顎を少し引くようにしましょう」

栞が背中を真っ直ぐにして顎を引いた。

七

ローテーブルのグラスに綾子は手を伸ばした。

それを持ち上げると、カランカランと氷がグラスに当たる音がした。

アイスティーで喉を潤し、グラスをテーブルに戻した。

五十平米以上ありそうなリビングの壁には、墨で描かれた抽象画が飾られている。白いソファとガラス製のローテーブルが置かれていて、そこには白いバラが活けられた花瓶が載っている。

この高級感いっぱいの部屋の持ち主は綾子の生徒、片所《かたしょ》理子《りこ》だった。派遣会社の社長をしている理子は、都心のタワーマンションの最上階に一人で暮らしていた。

黒の半袖シャツに、レオパード柄のタイトスカートを合わせている理子は、綾子と同年代に見える。

理子のレッスンは今日で二回目になる。栞の紹介だった。経営者としてパネルディスカッションに参加したり、講演会で自身の経験を語ったりする機会が増えてきたそうで、話し方を学びたいと考えたそうだ。

一時間半のレッスンが終わり、理子が入れてくれたアイスティーを、飲んでいるところだった。

理子はきちんとした印象を与える人で、話しっぷりもまた、きちんとしている。きちんとし過ぎていて、聞く人の心に残らないのが難点だった。抑揚や間の取り方をアドバイスしている。

綾子は理子の背後の窓に目を向けた。

空がドーンと広がっている。

空を独り占め出来る窓だった。家屋もビルも小さな模型のようで、そこでの営みを想像出来ないほどの距離があった。

綾子は「絶景ですね」と言った。

顔を後ろに捻った。「この眺めが気に入って買ったんですけれど、夏は暑いです。エアコンを二台フル稼働させていますが、この程度なんです」顔を戻して尋ねる。「暑くないですか？」

「大丈夫です。丁度いいです」

「ここより会社の社長室の方が快適なんですが、話し方のレッスンを受けているのは、社員たちには内緒なので自宅に来て頂きました」

「内緒なんですか？」

「社員たちに、あれ、いつのまにか社長、上手くなっている、と言われたいので」と理子は言って笑みを浮かべた。

「理子さんは覚えがとても速いので、すぐに社員の方たちにそう言われるようになりますよ。過激な言葉を使うこともないので、言い換えをしなくてもいいですしね。優秀な生徒さんです」

「そうだといいんですけれど」アイスティーに口を付けた。「綾子さんのラジオ番組、好きだったんですよ」

驚いて確認する。「聞かれたこと、あったんですか？」

「車で移動中の時にはよく。『あなたのストーリー』というコーナーがありましたよね。あれが特に好きでした」

それはキラキラ・アフタヌーンのスタート時からあったコーナーで、二十二年間続いた。

リスナーに自身の人生をテーマに投稿して貰い、それを紹介する週に一回のコーナーだった。毎回たくさんの投稿が寄せられた。

理子が続ける。「いろんな人の話を聞くと皆いろんな目に遭って、したくもない経験をしているのだと分かって、私だけじゃないんだと思えるんです。それで心が少し軽くなって元気を貰いました」

「理子さんもいろんな目に遭ったんですか？」

「ええ」と答えた理子は今一度窓外の景色を眺めた。

少しして顔を戻すと話し出した。「私は施設育ちなんです。十六歳で私を産んだ母は、子育てをする気はなかったんです。だから私は産まれた病院を退院した日に、施設に入所しました。母と一緒に過ごしたのはその日が最後です。それから一度も会っていません。今生きているのか、死んでいるのかも知らないんですよ。施設は十八歳で出なくてはいけないんです。したいことはなかったし、なにが出来るのか、向いているのかも分からなかったので、取り敢えずお金を稼ごうと水商売に入ったんです。とてもシビアな世界でした。自分の成績が収入と直結していますからね。でも私の中のなにかのスイッチが入ったみたいなんです。たくさん稼いでやるぞってやる気で漲《みなぎ》っていました。物凄く頑張って働きました」

そこまで話すと少し照れたような表情を浮かべて「こんな話、面白くないですよね」と言った。

綾子は「いえいえ。聞かせてください。理子さんのストーリーを」と促した。

「そうですか？　それなら。お店に私と同い年の子がいて、その子と仲良くなりました。互いのアパートに、それぞれの歯ブラシやパジャマが置いてあるぐらい、頻繁に行き来してました。二人で一緒にお店をもつのが夢でした。仕事を頑張って稼いでお金を貯めていました。三年経ったある日、彼女が店に来なかったんです。無断で店を休んだことはなかったので、具合が悪いのではないかと心配して、仕事を終えてからアパートに行きました。もぬけの殻でした。私が預けていたお金を持って、彼女は姿を消したんです」

「そんな……」

「お金を奪われてショックでした。一生懸命働いて貯めたお金でしたから。でもそれ以上に応えたのは、親友だと思っていた人から裏切られたことでした。なんだかなにもかも嫌になってしまって……お店のお客さんで、ずっと前から俺の愛人にならないかって、言ってきてた人がいたんです。建築関係の会社の社長をしていると聞いていました。陽気な人でいっつも私を笑わせてくれてたんです。憎からず思っていましたし、水商売を続ける気力もなかったので、その人の愛人になることにしました。お店を辞めて、毎月彼からお手当てを貰う生活になりました。投げ遣り気味で始めた生活でしたが幸せだったんです。自分でも意外だったんですけれどね。週に一度彼がマンションにやって来るんです。彼がただいまと言って、私がお帰りなさいと言うんです。それがとっても嬉しくて。私には初めての経験でしたからね。もしかしたらこれは家庭というものに近いんじゃないかと、思ったりもして。幸せな生活は二年続きました。

ある日、彼の運転手さんがうちに来たんです。社長が亡くなりましたと言いました。仕事中に倒れて、意識不明のまま救急車で病院に搬送されたのだけれど、助からなかったと教えてくれたんです。会社であなたのことを知っているのは、車で送迎していた自分だけなので、社長の死を伝えなくてはと思って来ましたと、言っていました。哀しくて何日も泣き続けました。彼は私のとても大切な人になっていたし、週に一度だけでしたけれど、家庭の真似事をさせてくれた人でしたから。彼を失って自分が空っぽになったようでしたね。なにもする気が起きなくて、しばらくぼんやりしていましたが、手持ちのお金が底をつきかけたので、働き口を探し始めました。でも採用して貰えないんです。それで困って、派遣会社に登録して働き出したんです。

派遣社員は社員さんに同僚とは認識されていませんでした。単純作業をするだけの人と思われていたので、あれやって、これやってと単発の指示しか貰えないんです。全体の流れを教えて貰えないから、社員さんが思っていたのとは、違う作業になってしまうこともあったんです。そんな時には却って二度手間になって、金を払っている意味がないと、嫌味を言われたりしました。だから全体の流れを知りたくて質問すると、派遣さんはそういうことは考えなくていいから、言われたことだけやってと怒られて。それでまた私のなにかのスイッチが、入ったみたいなんです。派遣社員も戦力だと会社に認めさせたいと思ったんです。そういうスタッフを派遣先に送り出せる会社を、作ろうと決めたんです」

「派遣会社を起こされてからは順調でしたか？」

理子はゆっくり首を左右に振った。「残念ながらそうはいきませんでした。トラブルばっかりですよ。スタッフにスキルを身に付けさせて、お客さんの会社に送り出したら、よその派遣会社に鞍替えされてしまったり、契約内容と違う仕事をスタッフにさせる会社があったり。でもね、その都度全力で立ち向かってきました」

目を輝かせて尋ねた。「戦ってきたんですか？」

小さく笑う。「そうですね。戦うと言ってもいいかも。うちはクライアントの言いなりにはならないの。お金を払えば、どんな無理でも聞いて貰えて当然だと思ってるクライアントが、どれだけ多いか。私がそれは出来ませんと言うと、だったら他の派遣会社を使うぞと何度言われたか。でも契約を切られたくないからって、呑めない話を呑んではダメなんです。私にはうちのスタッフを守る義務がありますから。実際に契約を打ち切られたことも、数えきれないほどあったんですよ。でもおたくだから契約するよと、言って貰うこともあるんです。だからやってこれたんじゃないですかね。正論だけでは商売は上手くいきませんから、したたかに交渉して、利益を上げるようにも努めてきました」

理子も自分の人生を一生懸命生きている。それに戦っている。

綾子は窓外に目を向けた。

この眺めを理子は努力で手に入れたのね。両親が金持ちだったんじゃない。金持ちの男と結婚したからでもない。自力でここまで上り詰めたことを確認するために、毎日この景色を見て然《しか》るべきだわね。たとえ夏は暑くても。

戦って、欲しいものを手に入れるために、努力しなくちゃいけないのよね。私も見習ってもっと強くならなきゃ。正直であることを止める必要はないと思うけれど、もっと上手に立ち回れるようになりたい。

綾子はグラスを持ち上げた。

グラスを少し揺らして氷の涼し気な音を楽しんだ。

八

駅のホームから改札へ向かうエスカレーターは、渋滞中だった。

綾子は腕時計で時間を確認する。

あまり時間はない。前のレッスンが押してしまったせいだった。話し方レッスンの生徒は六人になった。

綾子はエスカレーターの横の階段を上り始める。

改札を抜けて横断歩道を渡った。牛丼店の隣のビルに入る。

受付カウンターにいたスタッフからカードキーを受け取り、エレベーターで三階に移動した。

三〇二の部屋に入り灯りを点けた。

小松文音《こまつあやね》の話し方レッスンは、このレンタルルームで行っている。

二十平米程度の部屋に窓はなく、横長のテーブルと椅子が四つ置いてあった。隅に設置された棚には、小さなサーキュレーターと時計が載っている。

退院した山王丸社長が、パーソナリティーの仕事を探してくれてはいるが、まだ次の仕事は決まっていないので、話し方レッスンでお金を貰えるのは有り難かった。それにレッスン中や終わった後に、生徒たちのこれまでの話を聞く楽しみもある。

綾子が録画のためのカメラをセッティングしていると、ドアにノックの音がした。

ドアの隙間から文音が顔だけを出すと「どうもー」と大きな声を上げた。

そしていつものように早口で喋り出す。「ショップを回ってたら、素敵な服をたくさん見つけちゃったもんで、あれこれ買っちゃいました。お蔭でまだ十日だっていうのに、もう今月ピンチですよ。マズいマズい」

四十代の文音は服の販売員をしながら、副業でパーソナルスタイリストをしている。ゆくゆくはパーソナルスタイリスト一本で、食べていきたいそうだが依頼が全然入らないという。ユーチューブでコーディネートを紹介する番組を配信して、集客しようと考えたが、こちらも視聴数、チャンネルの登録者数共々増えないため、話し方のレッスンを受けることにしたと聞いている。バツイチで息子と二人で暮らしているらしい。

今日の文音は白いTシャツの上に、メンズライクな白のシャツを重ねて、中央辺りのボタンを一つだけ留めていた。九分丈の黄色のパンツを穿き、白いスニーカーを合わせている。

まずは文音に彼女自身が用意した服を使って、番組の時のようにカメラに向かって話して貰った。

服の説明が一通り終わったところで、綾子はカメラを止めた。

綾子が口を開く。「話すスピードをゆっくりにした方がいいですね」

「わたし的には相当ゆっくり目で話したんですけど、もっとですか？」

「もっとです」

綾子はスマホを操作して、メトロノームのアプリを立ち上げた。それからその音に合わせるように話をして、見本を見せた。

文音が「やっぱり先生は話すのが上手ですねぇ」と感心したように言った。

スピードを遅くする練習が終わると、大きく口を開いて声を出すレッスンをした。文音には口を開かずに喋る癖があり、それを直すトレーニングを行った。

一時間半のレッスンが終わると「ふうっ」と文音が息を吐き出した。

そして大きなバッグからペットボトルを取り出した。キャップを捻って緑茶を喉に流し込み、再びバッグに手を入れた。

紙袋を抜き出してテーブルに置いた。「これ、わたしが働いているショップのカットソーなんですけど、先生にプレゼント」

「えっ。そんな。いいんですか？　今月ピンチなんじゃないんですか？」

笑い声を上げてから言う。「大袈裟に言っただけですから大丈夫。社員割で買ったし。それ、先生に合うと思うんですよ。カットソーって、どれも同じって思ってる人が多いんですけど、実際は違ってて、自分に合うものを選べば印象は変わります。特に大人世代には、こういう日常的に着るものにこそ、気を遣って欲しいんです。若見えしますしね」

綾子は礼の言葉を口にしてから袋を開けた。

ネイビーの長袖のカットソーだった。

綾子は自分の胸にそれを当てて文音に見せる。

文音が鋭い視線を綾子とカットソーに交互に向ける。

そうやってしばらくの間チェックをしてから「うん」と言って頷いた。「やっぱりそれで正解。先生はボートネックが似合います。インしても、外に出してもいい丈なので、結構重宝すると思いますよ」

「ボートネックですね。これからは襟周りに注意して服を選ぶようにしてみます。服はずっと好きだったんですか？」

「子どもの頃からだったって親が言ってました。気に入らない服は絶対に着なかったそうです。しょうがないからお店に連れて行って、わたしに選ばせるようにしていたと言ってました。先生は？　話をするのが上手な子でしたか？」

首を捻った。「上手だったかどうかは分かりません。そういえば朗読するのは好きだったみたいです。私は覚えていないんですけれど、子どもの頃に公園で友達相手に本を朗読していたと、母が言っていました」

「三つ子の魂がなんとかっていうやつですかね」と言って文音が笑い、綾子も笑った。

多分……文音もこれまで戦ってきたんじゃない？　きっとそう。多くの人が予想外の出来事に翻弄されながらも、頑張って生きているのよね。

文音の話を聞きたくて綾子は尋ねる。「服の販売員のお仕事一筋でいらしたんですか？」

「まぁ、そうですね。生活が苦しくって、仕事の掛け持ちをずっとしてきましたけど、必ず一つは服の販売の仕事にしてましたね。服から離れたくない気持ちがあったんで」

「好きなお仕事ではあっても、掛け持ちだと大変だったんじゃないですか？」

「そうですね。でもまぁ、自分で決めた道なんで。っていうか、元夫がいけないんですけどね。わたしが妊娠中にダンナが会社を辞めちゃったんです。ダンナの母親が亡くなって、遺産が百万円入ったからなんです。考えられます？　たったの百万ですよ。百万円は大金ではありますけど、働くのを辞める金額じゃないですよね。一億円の遺産が入ったっていうなら分かりますけど、たったの百万だっていうのに。会社を辞めてぷらぷらしている時に、あいつ、交通事故を起こしたんです。歩行者を轢《ひ》いて逃げたんです。飲酒運転がバレるとマズいと思ったんでしょうね。轢き逃げって人として最低じゃないですか。刑期を終えてシャバに出て来たこいつと、子どもと一つ屋根の下で暮らすのは、嫌だなって思ったんです。子どもが最低の父親から悪い影響を受けちゃうでしょ。それで出産前に離婚を決めました。最低の男ですからね、養育費なんてくれなかったので、仕事を掛け持ちすることになったんです」

「そうだったんですか。文音さんも頑張ってこられたんですね」

キラキラ・アフタヌーンの「あなたのストーリー」に寄せられた苦労話を、これまでたくさん聞いてきたけれど、それらよりも遥かに胸に響くのは、直接本人から聞くからかしらね。私自身が今厳しい状況に陥っているから、身につまされるというのもあるんだろうけれど。

文音が「息子にも苦労をさせてしまったんですけど、ラッキーなことに凄くいい子なんですよ。親バカですみません」と言って笑った。「奨学金を貰って大学生やってます。苦労続きでしたけど、服はわたしの元気のもとだったんです。高いものは買えないから古着とか、安売りの店で自分に似合うものを探して、ちょっとアレンジしたりして。そういうのが楽しくって。吟味して選んだお気に入りの服を着ると、幸せな気分になれるんですよね。心が浮き立つような感覚っていうんでしょうか。他の人にもウキウキして欲しいなって思ってるんです。わたしのユーチューブではブランド服は扱わないんです。手軽に買える値段のもので、コーディネートの提案をするようにしています。お金があまりなくても、ファッションを楽しんで欲しいですからね。でもまぁ、もっと視聴者数を増やさないと、なんですけど」

「たくさんの人に見て貰えるよう、聞き取り易い話し方を目指して練習しましょう。私、文音さんのお役に立ちたいと凄く思っています。一緒に頑張りましょう」

文音が「よろしくです」と言って敬礼ポーズをした。

九

綾子はマグカップに手を伸ばす。ホットコーヒーに何度か息を吹きかけてから口を付けた。それからダイニングテーブルにマグカップを戻した。ノート型パソコンの画面に目を向ける。

綾子は自宅で話し方レッスンの、指導カリキュラムの整理をしていた。生徒は十人になった。

生徒たちが上達していくのを見るのはとても楽しい。話し方一つで印象は随分変わる。

教えるようになって、改めて話して伝えることの奥深さに気付いた。今なら以前よりいい司会が出来るような気がしている。次の番組は未だに決まっていないけれど、やっぱりパーソナリティーの仕事はしたい。レッスンとパーソナリティーの仕事と両方やれたらいいのだけれど。

インターフォンが鳴った。

剛史宛の宅配便を受け取り、リビングのローテーブルに載せた。

剛史は今、書斎で執筆中だった。

4LDKのマンションの玄関ドアに一番近い一室が、剛史の書斎になっている。剛史の両親が住んでいたこのマンションを相続し、リフォームして暮らしている。駅から徒歩五分なのがいいところなのだが、窓を閉めていても、電車の走行音が入って来るのが難点だった。

書斎の剛史はヘッドフォンで音楽を聞きながら、執筆をしているはずだ。

久しぶりに戯曲の仕事が入り剛史は張り切っている。剛史が書斎に籠っている時にはそっとしておくのが、田尻家のルールだった。食事の用意が出来ても、それを知らせることもしない。だから今日の昼食用に作ったサンドイッチも、綾子は一人で食べて、剛史の分はキッチンに置いてある。

スマホの電話が鳴った。

万裕美からだった。

綾子はスマホを耳に当てる。「はい。久しぶり」

「ご無沙汰してます。今、話して大丈夫ですか？」と確認した後で、「お元気ですか？」と尋ねた。

「なんとかやってるわ。万裕美さんは？」

「綾子さんがいなくなって寂しいですが、私もなんとかやってます。えっとですね、これはまず綾子さんに直接お知らせしなくちゃと思って、電話をしたんです」

「なに？」

「キラキラ・アフタヌーンが、今週いっぱいで終了することになりました」と万裕美が言った。

「えっ？」

「入江真澄がやらかしました。入江が番組内で、ＬＧＢＴＱの人を差別する発言をしたんです。炎上している最中に、入江が自分のブログに書き込まれた非難の声に対して、反論の文章を掲載したんです。大炎上になりました。広告部内でも大騒ぎになりました。担当の同僚が入江の所属事務所の人と、スポンサーや広告代理店を謝罪行脚ですよ。翌日の放送で入江が謝るだろうと私は思ってたんです。フツー、そういう流れですよね。ところがです。その件について一切語らなかったんです。いつものコーナーを、いつもの調子で進行していくといった感じで、放送が終わったんです。当然ですが大大大炎上しました。後から聞いた話では入江が謝りたくないと主張して、それを菅家が了承したらしいんです。それで何事もなかったかのような放送になったそうです。実はご報告することがもう一つあるんです。入江と菅家はデキてます。手を繋いで歩いているところを見た人がいるんです。番組スタート前からデキてたって噂もあって、だとすると、自分のカノジョをパーソナリティーにしたくて、綾子さんを追い出したのかもしれません。サイテーですよね。それも含めて局内で大問題になりました。結局、入江のコメントは彼女個人のもので、局のものではないと発表して、同時に番組は今週いっぱいで終わることを公表しました」

綾子は言葉を失くして黙り込む。

少しして「もしもし、聞いてます？」と万裕美が声を出した。

「……ええ。聞いているわ。びっくりし過ぎて言葉が出てこなかったの」

綾子は番組を降板させられてから、一度もキラキラ・アフタヌーンを聞いていない。聞けば哀しくなって、口惜しくなって、身悶えするだろうと思って避けてきた。番組名のネット検索もしなかった。

一度だけ真澄のＷＥＢ雑誌のインタビュー記事が、目に入ってしまった時はあった。インタビュー中と思われる顔写真では、歯を見せて笑っていた。ついその記事を読んでしまった。帰国子女で日本では友達が出来なかったことや、キラキラ・アフタヌーンのパーソナリティーに、就任が決まったと聞いた時のことなどを語っていた。自分が番組をもてるのが信じられなくて、叫んでしまったと書いてあった。

就任が決まったと告げたのは菅家だったのかしら。

綾子は尋ねる。「今、菅家さんはどうしてるの？」

「局内では逆風に晒されてます。次の番組を大急ぎで準備しているんですけど、時間がなさ過ぎるので歌手の特集を組んで、その曲をひたすら流すという放送になると思います。ちゃんとした番組をスタートさせられるのは一、二ヵ月先になるんじゃないでしょうか。その臨時番組にも、正式な次の番組にも、菅家は参加させて貰えていません。ま、こうなった原因を作った番組の責任者なんですから、当たり前ですけど。今、菅家に話し掛ける人は局内に一人もいません。親しいと勘違いされると困りますからね。廊下の先に菅家を発見すると、Ｕターンしちゃうんですよ、皆」

菅家は堅実で慎重な人だったのに。真澄の発言が予想外だったとしても、私が知っている菅家なら、すぐに謝罪させる対応を取ったはず。それが出来なかったのは、男女の関係が影響したのかしら。

確かあれは……番組の十五周年記念の特番の時だった。番組を公開放送することになった。コンサートホールにリスナーを招待し、ゲストとの対談や、歌手に生歌を披露して貰うプログラムが用意された。

ところが本番の四日前に台風が沖縄近海で発生した。日本を縦断するコースを取るとの予想が出され、公開放送の日と重なりそうになった。

菅家は本番の三日前にあっさりと中止を決断した。もう少し様子を見てからといった意見もあったが、菅家は言った。「チケットを持っている人が無事に会場に来られるか、帰れるか分からない。一つでも不安な要素を抱えながら、イベントをするべきではない」と。

結局台風は予想より西の位置から北上し、イベントを予定していた日の東京は、ピーカン晴れとなった。決断をもう少し遅らせていれば、コンサートホールでの公開放送が出来た可能性があったが、スタッフ、局の上の人たち、スポンサー、そしてリスナーたちから不満の声は出なかった。寧《むし》ろ危機管理が出来る人として、菅家の評価は上がった。

綾子は言った。「それじゃ、今の菅家さんは孤立しているのね」

「はい。次の定期人事異動を待たずに、降格になって別の部署に移されるだろうというのが、大方の読みです」

降格……会社員はいいわね。仕事を失敗してもクビにはならないから、給料は貰えるんだもの。役職のランクは下がるかもしれないけれど、会社に居続けることは出来るんだから。フリーランスは自分が原因ではなくても、レギュラーを降ろされたら、そこに留まることは出来ないし収入もなくなる。やっぱり会社員は恵まれている。そうよ。菅家は恵まれているのよ。

万裕美が「ざまぁみろですよね。綾子さんにあんなことしたから罰が当たったんですよ」と発言する。

綾子はその通りだという気持ちはあったが、口にはせずに、情報をくれた万裕美に礼を言って電話を切った。

スマホをテーブルに戻して、少しの間ぼんやりした。

それから立ち上がりリビングのテレビに近付く。テレビを載せているキャビネットの引き出しを開けた。色紙を取り出す。

キラキラ・アフタヌーンのスタッフたちが、番組を去る綾子に寄せ書きをしたものだった。

中央に番組名と、二十二年間お疲れ様でしたという文字が書かれ、それがピンク色の線で囲われていた。そのすぐ上に菅家の寄せ書きがあった。〈有り難うございました。菅家〉と書かれている。

送別会からの帰りのタクシーで、この菅家の文字を穴の開くほど見つめた。口惜しくて、腹が立って、涙が零れた。帰宅するとすぐにこの引き出しに仕舞った。

菅家の文字だけ３Ｄのように、目に飛び込んでくるように感じたのだけれど、今見れば他の人より字が小さくて目立っていなかった。あの時見つめた色紙とは違うものみたい……と綾子は呟いた。

十

理子が楽しそうな表情を浮かべて「どれにしようかしら」と言った。

ローテーブルには、綾子の手土産のチョコレートの詰め合わせが置かれている。レッスンの後でいつもご馳走になってしまうので、せめて今日はと、チョコレートを理子の自宅に持参したのだった。

箱の上蓋にはクリスマスツリーが描かれている。今月の限定品だという八粒入りのものだった。

理子は「これにする」と明るい声で言うと一つを摘み上げる。それから「お持たせですけれどどうぞ選んでくださいな」と箱を手で指した。

理子がチョコレートを口に入れた。味わうようにゆっくり口を動かす。

今日の理子はワイン色のVネックセーターと、ジーンズを身に着けていた。そのセーターは色白の理子にとても似合っている。文音の見立てだろうか。

理子から服を買いに行くのが面倒になったと聞き、文音を紹介したのは先月だった。

綾子はコーヒーカップに口を付けてから尋ねる。「この部屋は丁度いい湿度ですが、加湿器はどこにあるんですか？」

「エアコン用のリモコンに加湿というボタンがあるの。外の空気をどうにかして、室内に水分を出してくれているらしいわ。どういう理屈なのか、構造になっているのかは全然分からないのだけれど」肩を竦めた。「とにかく加湿器はなくても、湿度は充分になっているはずよ」

「そうだったんですか」窓の横のエアコンを見上げる。「加湿も出来るエアコンがあるんですね。知りませんでした」

「綾子さんは声が商売道具ですものね。乾燥は大敵でしょうから気を遣っているんでしょうね」

「喉が弱い方なので、冬場自宅では加湿器を二十四時間点けています。それにマスクを着けて寝ます。朝起きると、マスクの跡がしっかり顔に付いてしまっているんです。年のせいか何時間経っても跡が取れません」と言って笑った。

少しして「そういえば」と口にして理子が席を立った。

ダイニングの椅子に載せていたバッグから、クリアファイルを取り出した。

ソファに戻るとテーブルにファイルを置いた。「ラジオの新番組の企画書なんですって。実はこの番組のスポンサーにならないかと、営業されているんです。これ、キラキラ・アフタヌーンを放送していた局ですよね。意見を聞かせて頂けないかと思って」

綾子は企画書を開いた。

土曜の午前十時から十二時までの二時間の新番組では、その一週間で話題になったことを、ランキング形式で紹介すると書いてあった。毎週様々な専門家をゲストに招き、トピックスの解説を行うという。世の中のことを知りたいと思っている、幅広い世代の男女に厳選された情報を届けるのが、コンセプトだそうだ。パーソナリティー候補として、ラジオ局の五十代の男性アナウンサーの名前が記されている。

最後のページを開いた時、綾子は目を剝いた。

問い合わせ先の欄に菅家の名前が書かれていた。

綾子は質問する。「理子さんに営業に来たのはこの菅家さんですか?」

「多分そうだと思うけれど私は会っていないの。会ったのは宣伝部のスタッフだから。こういう話は広告代理店を経由して持ち込まれるでしょ。それがラジオ局の人が直接営業を掛けてきたから、うちのスタッフがちょっと珍しいと思ったようなの。それで話を私に上げてきたみたい。その菅家さんをご存じなの？」

ご存じもなにも。

綾子は鼻から息を吐き出しながら「はい」と答えた。

菅家がなんで新番組の営業をしているのだろう。万裕美の最新の話では、菅家はお客様センター室に異動になって、リスナーからのクレームに、対応しているということだったのに。お客様センター室の人間がどうして営業を？　広告代理店を通さずに直《じか》に営業をしているというのもおかしいし。もしかして……起死回生を狙って菅家が勝手に営業しているとか？　その可能性が高いんじゃない？　きっとそうよ。もしスポンサーを獲得出来れば、ディレクターとして番組制作の現場に返り咲けると菅家が考えて……多分この推理が当たっていると思う。

理子が言った。「この番組自体は面白そうだとは思ったんですよ。でもこの企画書に書かれている、アナウンサーではちょっとね。もし綾子さんが司会をしてくれるのなら、スポンサーになってもいいわよ」

「えっ。私がですか？」

「ええ。キラキラ・アフタヌーンとは、違うコンセプトの番組だけれど、綾子さんならきっと親しみ易くて、分かり易くて、いい番組になりそうに思えるもの。でもパーソナリティーの指名なんて無理かしら？」

急いで答える。「いえ、無理ではないです。スポンサーがそう仰るなら必ず通ります。はい。そう言って頂けるの、とても嬉しいです。話し方レッスンの仕事は大好きですが、パーソナリティーの仕事も同じくらい大好きなので、両方やっていきたいと思っていましたので。あの、願ってもないお話を頂けた上に、こんなことを言うのは心苦しいのですが」一拍置いてから続けた。「この菅家さんはお客様センター室の人間です。左遷されたのですがなんとか挽回したくて、営業でもないのに、勝手に御社に売り込んだと思われます。この菅家さんを通して広告を出せば、彼の手柄になります。私は菅家さんの手柄にしたくありません。スポンサーになって頂けるのであれば、菅家さんから御社が話を聞いたことは伏せてください。御社が普段使っている広告代理店にお話をされて、正規のルートで出稿をお願いします。その際にパーソナリティーを田尻綾子でと、ご指名ください。そうすれば私は番組をもつことが出来ますし、菅家さんをこの番組から排除することが出来ます」

「どうやらその菅家さんとは訳ありのようね」ニヤリとした。「分かったわ。綾子さんの言う通りの方法でスポンサーになりましょう」

綾子は深く頭を下げる。「有り難うございます。本当に有り難うございます」

「綾子さん、意外としたたかなところもあるのね。ま、そうでなくちゃ、自分の人生を切り開けないものね」

綾子は「したたか」と呟いた。

私はしたたかになった？　だとしたら嬉しい。パーソナリティーの椅子を手に入れるためには戦わなくちゃ。邪魔者は排除した上で。

綾子は元気よく「したたかに頑張ります」と宣言した。

〈著者紹介〉

桂 望実(かつら・のぞみ)

1965年東京都生まれ。大妻女子大学卒業後、会社員、フリーライターを経て、2003年『死日記』で「作家への道!」優秀賞を受賞し、デビュー。著書に『県庁の星』『嫌な女』『頼むから、ほっといてくれ』『じゃない方の渡辺』『息をつめて』『この会社、後継者不在につき』など。

イラスト/杉田比呂美　　ブックデザイン/bookwall

この作品は書き下ろしです。

地獄の底で見たものは

2024年10月10日　第1刷発行

著　者　桂 望実

発行人　見城 徹

編集人　菊地朱雅子

編集者　黒川美聡　有馬大樹

発行所　株式会社 幻冬舎

〒151-0051 東京都渋谷区千駄ヶ谷4-9-7

電話:03(5411)6211(編集)　03(5411)6222(営業)

公式HP: https://www.gentosha.co.jp/

印刷・製本所　中央精版印刷株式会社

ISBN978-4-344-04355-8 C0093　JASRAC 出 2406654-401

この本に関するご意見・ご感想は、下記アンケートフォームからお寄せください。

https://www.gentosha.co.jp/e/